3ª edição

Antonio Sampaio Dória

Um amigo inesquecível

ENTRE LINHAS
ADOLESCÊNCIA

Ilustrações: Marcelo Martins

Conforme a nova ortografia

Atual Editora

Série Entre Linhas

Editor • Henrique Félix
Assistente editorial • Jacqueline F. de Barros
Preparação de texto • Lúcia Leal Ferreira
Revisão de texto • Pedro Cunha Júnior e Lilian Semenichin (coords.) / Elza Maria Gasparotto
Maria Cecília Kinker Caliendo
Gerente de arte • Nair de Medeiros Barbosa
Coordenação de arte • Marco Aurélio Sismotto
Diagramação • MZolezi
Projeto gráfico de capa e miolo • Homem de Melo & Troia Design
Produtor gráfico • Rogério Strelciuc
Suplemento de leitura e projeto de trabalho interdisciplinar • Arlete Betini

Dados Internacionais de Catalogação na Publicação (CIP)
(Câmara Brasileira do Livro, SP, Brasil)

Dória, Antonio Sampaio

Um amigo inesquecível / Antonio Sampaio Dória ; ilustrações Marcelo Martins. – São Paulo : Atual, 2000. – (Entre Linhas: Adolescência)

Inclui roteiro de leitura.
ISBN 978-85-357-0311-5
ISBN 978-85-357-1463-0 (professor)

1. Literatura infantojuvenil I. Martins, Marcelo. II. Título. III. Série.

CDD-028.5

Índices para catálogo sistemático:
1. Literatura infantil 028.5
2. Literatura infantojuvenil 028.5

SARAIVA S.A. Livreiros Editores
Rua Henrique Schaumann, 270 – Pinheiros
05413-010 – São Paulo – SP

3ª edição/8ª tiragem
2014

SAC | 0800-0117875
De 2ª a 6ª, das 8h30 às 19h30
www.editorasaraiva.com.br/contato

811549.003.008

Impressão e Acabamento Assahi Gráfica e Editora.

ENTRE LINHAS ADOLESCÊNCIA

Um amigo inesquecível

Antonio Sampaio Dória

Suplemento de leitura

Carlo não foi uma criança que pudesse ser chamada de "anjinho". Por sua total insubordinação às regras, os pais optaram por tirá-lo da escola infantil. Mas do colégio não teve como escapar. A amizade iniciada com Raul, um garoto pequeno e esquivo, facilitou sua convivência no ambiente escolar. À dupla juntaram-se, mais tarde, Bola e Fino, e o quarteto viveu experiências que lhe proporcionaram descobertas boas e ruins no que diz respeito ao crescimento.
Com o passar do tempo, as desavenças entre eles se tornaram cada vez mais frequentes, e o fim do curso ginasial significou também o fim do clube de amigos. Três anos depois, em um encontro casual num barzinho em São Paulo, Carlo pôde constatar quanto Raul amadurecera mais que ele: estava envolvido com o movimento estudantil contra a ditadura militar e namorando firme uma companheira de luta. As diferenças individuais, determinantes no rumo da vida de cada um, não impediram, no entanto, que Raul se tornasse um amigo inesquecível para Carlo.

Por dentro do texto

Enredo

1. Logo no primeiro parágrafo de *Um amigo inesquecível*, o narrador comenta que sua família "era como todas as famílias" (p. 6). Agora que você já leu o livro, responda: como era a família de Carlo? Você concorda que ela era "como todas as famílias"? Justifique.

2. Dois amigos de Carlo tiveram finais trágicos. Fale sobre essas amizades e os motivos pelos quais sua mãe não as aceitava.

c) Como ficaram as coisas no final?

10. "Eu podia sentir a vida correndo, agora em direção ao fim; o tempo tinha encurtado [...]. As conversas nas mesas dos bares preencheriam um pouco do espaço vazio. Mas... E depois? De repente, eu me sentia velho." (p. 139) Complete:

a) Essas palavras expressam reflexões de Carlo, depois

Responda:

b) Como você interpreta a frase: "o tempo tinha encurtado"?

Tempo e espaço

11. Qual o período de tempo transcorrido do início ao fim da narração?

12. A sucessão dos acontecimentos da história corresponde à ordem segundo a qual eles são narrados?

13. Existem no texto alguns indícios que permitem ao leitor identificar a época em que ocorreram os fatos narrados, o período da ditadura militar brasileira. Entre esses indícios, diga os que são ligados:

a) a fatos e personagens históricos brasileiros:

___

___

___

b) ao vestuário:

___

___

___

c) a músicas de sucesso:

___

___

14. O narrador-personagem descreve alguns espaços que tiveram importância em sua vida, como as escolas que frequentou, o inferninho, etc. A descrição que faz deste último é bastante pessoal, influenciada talvez pela opinião de adultos e por sua própria inexperiência. Releia-a e responda:

a) Em que palavras ou expressões usadas pode-se perceber o ponto de vista particular do narrador?

___

___

___

b) Como você acha que Carlo se sentia nesse ambiente?

___

___

___

___

c) Qual a importância desse espaço para Carlo e seus amigos?

___

Linguagem

15. Releia a narração do momento em que Bola apresenta Fino a Carlo:
"– Prazer – disse Fino, estendendo-me a mão.
– Prazer – respondi, surpreso com aquela história de se cumprimentar como adulto." (p. 69)
Responda:
a) Por que Carlo estranha esse modo de ser apresentado a Fino?

b) Como é o modo atual de os jovens se apresentarem? Descreva-o.

Produção de textos

16. Ao falar sobre a vida escolar, o narrador-personagem, Carlo, diz: "No fundo eu sabia que era só copiar a matéria, decorar algumas coisas antes das provas, e passar com uma nota boa: nisso consistia a vida escolar" (p. 105). Escreva um texto de opinião argumentando a favor ou contra essa ideia e apresentando suas próprias ideias sobre uma escola que você julgue satisfatória, eficiente.

17. Escreva uma dissertação falando sobre a sua experiência de ser jovem, seus sonhos, formas de se divertir, suas descobertas, seus sofrimentos, o relacionamento com seus pais e amigos, etc. Se preferir, esse texto pode ser escrito em versos.

18. Carlo ficou extremamente triste ao saber da morte de Raul, seu melhor amigo. Imagine que você é Carlo e escreva uma carta dirigida a Raul, falando de sua admiração pela coragem dele, revivendo fatos do tempo do ginasial e lamentando seu triste fim.

Atividades complementares

•

(Sugestões para História, Ciências e Música)

19. Chico Buarque e Gilberto Gil compuseram, em 1973, uma canção intitulada "Cálice", que só apareceu em disco em 1978, por ter sido censurada pela ditadura militar, pano de fundo histórico dos fatos de Um amigo inesquecível. A canção foi gravada pelo próprio Chico, por Milton Nascimento e por Miúcha, entre outros. Que tal ouvi-la e tentar captar o "clima" de opressão da época, da qual Raul foi vítima?

20. Dividam-se em grupos e façam uma pesquisa sobre os presidentes que governaram o Brasil no período de ditadura, expondo os resultados, depois, para a classe. Procurem saber se ocorreu realmente o "milagre econômico" apregoado pelos governantes desse período.

21. Convidem um profissional da área médica para fazer uma palestra para a classe sobre doenças sexualmente transmissíveis (DST).

Atual Editora

Sumário

Aos meus amigos e amigas
que de uma forma ou de outra sempre estão presentes.
E sem os quais
a vida não teria esse inesquecível sabor.

Parte um:
Infância

1

A família era como todas as famílias: o copo de leite na mesa, os lençóis arrastados até o meio do quarto, o sol na soleira da porta, as mãos se agitando na despedida: tchau, pai! O dia passado nos quintais, areias e matos, vem almoçar, menino, almoçava correndo, voltava a brincar.

Para mais tarde me arrepender, quando a sujeira tinha de ser esfregada de todo jeito. Sentado na bacia de lata, a água quente que logo ficava gelada, só deixava tirar o cascão do pé, o resto levava de herança.

– Quando você morrer – Nana dizia – vai ter tanta sujeira que nem vai precisar jogar terra por cima.

– Então ninguém vai ter trabalho por minha causa!

Sentado na sala, o cabelo brilhando de molhado, a risca que não podia ser tocada, minha mãe sorria: assim que eu gosto. E começava a testar minha inteligência: um mais um é dois, dois mais dois é quatro. E cadê o queijinho que estava aqui? O rato comeu. E cadê o rato? O gato pegou. E cadê o gato?

O gato fugia da lógica sem fim assim que ouvia o barulho de chave na porta. O pai chegou!

E antes que a porta se abrisse, eu subia a escada, mergulhava em armários e saía como um imperador etrusco: roupas de baixo me serviam de coroa, gravatas moldavam o cinturão real e a maquiagem, a maquiagem da minha mãe, pingava na máscara que eu havia criado.

Descia solenemente a escada e minha mãe ensaiava um gesto de horror que meu pai, admirado, cortava:

– Que graça!

Podia desfilar a minha glória no tapete da sala, enquanto a turba aplaudia. Podia exigir que fizessem minhas vontades, que meus súditos me carregassem. Subia no lombo do elefante e castigava sua barriga com os pés: mais rápido, mais rápido! Só ficava ressabiado quando a travessia terminava na sala de jantar. Ali, um prato de sopa me esperava.

– Um aviãozinho, dois aviõezinhos...

Horas depois, alguns aviões tinham sofrido acidentes de percurso, e eu ainda não tinha terminado. Mas bastava raspar o prato para deixar todos felizes: cada fim de refeição era uma festa, e então traziam a sobremesa. Eu me esbaldava com doces, gelatinas, com os prazeres que só uma ordem cortava:

– Hora de ir para a cama.

Caía no chão desmaiado: tinha comido demais.

Puxavam-me pela mão. Sem escapatória, subia a escada, mas aí iniciava-se um novo jogo: um degrau, dois degraus...

– Oito degraus...

Os últimos passos eram lentos, demorava para contar. O pai e a mãe não podiam desgrudar os olhos, afinal ELES é que tinham inventado o jogo.

– Vinte!

Tudo, no fim das contas, era uma questão de números. Aviões, gatos, ratos, degraus. E depois do vinte?

– Boa noite – meu pai dizia, esperando que eu entrasse no quarto e apagasse a luz. Eu entrava, apagava, e voltava ao fim da escada, em surdina. Do que estariam falando?

– Você mima demais esse menino – dizia minha mãe. – Isso não é educação. Que espécie de homem ele vai ser?

– Deixa! Ele ainda é criança.

– Não sei, não.

Quem diria, falavam de mim! Voltava silenciosamente à cama e ficava pensando. Ele ainda é criança, dizia meu pai. Que espécie de homem ele vai ser? dizia minha mãe. Ficava pensando e dormia.

2

– Carlo! Carlo!

Caía da cama com Nana abrindo a janela e o sol entrando. Às vezes, a mãe entrava com uma fita métrica:

– Mais um centímetro: quatro anos e já está gigante!

Por um instante eu crescia tanto que não cabia mais naquela casa: o teto estourava com a pressão da minha cabeça, e ficávamos sem abrigo.

Minha mãe me tranquilizou: ficaria do tamanho do papai, um pouco mais, um pouco menos.

– E se eu crescer mais ainda?

– Os filhos ficam iguais aos pais. Na aparência, no tamanho...

– E depois?

– Você vai se casar, constituir família... Como seu pai.

O pai saindo de casa, a pasta na mão, o beijo na porta: eu seria assim?

O fusca cinza fazia um barulhão até esquentar.

O pai aproveitava para limpar o sereno do vidro.

A mãe dava adeus, saía de casa e ficava o dia inteiro fora.

Sozinho, caía das nuvens. Nana ia para a cozinha e eu ia atrás dela:

– E se eu não casar?

– O que você vai fazer, então?

– Ficar com minha mãe e meu pai.

– Aguentando dois velhos rabugentos? Precisa casar, onde já se viu!

– E você, por que não casou?

Nana ficava em silêncio, para então responder:

– Quem disse que não vou casar? Ainda sou moça.

– Já está noiva?

– Vai brincar no quintal, vai.

Eu ia para a sala, entrava no quadrado de sol e ficava pensando. De tanto pensar, resolvi nunca mais abrir a boca.

– Só uma colher...

O que era difícil ficou impossível. Não comia um grão de arroz.

O pai e a mãe preocupados: nem um grão de arroz! Nada além de um copo de toddy!

– Está virando um esqueleto.

Peguei uma gripe. Recusava comida, cuspia as sopas no travesseiro. A mãe ficou nervosa, ouvi uma conversa no corredor:

– Não tem amor à vida, esse menino.

– Bobagem – disse o pai.

Chamaram um médico. Eu já estava de olho na porta, quando ele chegou: um homem alto, de branco, com uma mala preta.

– Então esse rapaz não quer comer?

Não respondi nada. Com mãos ossudas ele me examinava.

– Precisa comer. Sabe o que acontece com criança que não come?

Continuei quieto. O médico tinha um sorrisinho:

– Sabe o que acontece, sabe?

A resposta veio rápida: ele levantou no ar uma injeção e empurrou o líquido, até a gota escorrer.

– Não quero!

Minha mãe veio tirar a calça do pijama; o médico passou álcool, mas fui mais rápido: chutei seu nariz, a injeção voou longe. O médico pulou fora da cama:

– Filho...

– Perdão, doutor – disse mamãe. – Machucou?

– Só uma picada.

– Infelizmente, a agulha entortou.

– Bem... Um fortificante resolve.

Comecei a comer novamente. Guloseimas, biscoitos. Meu grande prêmio foi uma caixa com cem chicletes. Até dei um para o filho da vizinha.

– Ele está se recuperando.

– Só precisa escovar os dentes.

●

Um belo dia, minha mãe saiu-se com essa:

– Me diga uma coisa, Carlo, de onde vêm os bebês? Você sabe?

De onde vinham os bebês? Ora essa, que pergunta absurda! Não era ela que devia explicar isso para mim?

– Acontece que você sempre tem resposta para tudo – disse ela. – Então você não sabe? Bem, eu vou explicar: o pai põe uma sementinha na barriga da mãe.

– Sementinha? – estranhei. – Onde?

– Aqui – disse ela. – Mais ou menos aqui.

– E depois?

– Depois nasce o bebê.

– E por onde ele sai?

– Isso depois eu explico. Mas, digamos que isso acontecesse comigo. Nesse caso o que você preferiria: irmãozinho ou irmãzinha?

Sentado no sofá, fiquei mudo, sem atentar para uma resposta: irmãozinho ou irmãzinha? Que responsabilidade!

– Então, Carlo, o que você prefere?

– Nenhum dos dois! – respondo, pulando do sofá.

À noite, volto a ficar paralisado diante do prato de sopa. O pai e a mãe conversam sem parar. Do bebê, ninguém fala. Mas não vou dormir antes de esclarecer essa questão.

– Ora, isso não é importante, meu filho – diz mamãe. – O que importa é que... é que logo você vai para um lugar maravilhoso.

– Que lugar? – estranhei.

– Surpresa! – disse ela, misteriosa.

Eu insisti, e ela apenas disse que eu adoraria o tal lugar. Um lugar cheio de divertimentos e aventuras. E não contou mais nada.

Subindo a escada, fiquei escondido ouvindo o pai e a mãe conversar.

– E então? – perguntou o pai – Como ele reagiu?

– Bem. Eu acho.

3

Acordava com Nana abrindo a janela e gritando:

– Hora de ir para a escola!

Short azul com suspensório, lancheira, bota marrom, lindo de morrer!

Fiquei satisfeito, saí cheio de banca. Mas, ao chegar à escola e ver que estavam todos vestidos igualzinho, não achei graça nenhuma.

Levei uma banana, o menino disse que eu era macaco, não quis nunca mais levar outra. Levei pão com manteiga, riram e disseram que minha casa era casa de pobre, não quis mais saber de pão com manteiga.

Fiquei exigente: bolo embrulhado com papel alumínio, bem dobrado. O papel tinha um rasgo, não queria levar. A meia do Topogigio não estava lavada, não queria sair. Se me puxavam pela mão, era pior: chegava a morder a mão de Nana. Ela reagia de dedo em riste:

– Deus está vendo tudo. Quando você morrer, vai para o inferno!

– Ah, é? Então eu vou mesmo. – E rolava para debaixo dos móveis.

– Deixa estar – Nana chamava minha mãe, e ela chamava meu pai.

– Olha o que seu filho está aprontando – minha mãe dizia.

– O que aconteceu? – o pai chegava, ficava me olhando.

– Não quero ir para a escola. Prefiro o inferno.

– Para de repetir o que a gente fala! Você tem que ir à escola.

– Não vou.

– Vai.

– Não vou.

– Vai.

– NÃO VOOOOOOOOOOU!!!

Então o diálogo parava: pai e filho, olhando um para o outro.

– Temperamento forte – dizia ele, intrigado, para minha mãe. – A quem será que esse diabinho puxou?

– Só pode ser o lado do seu pai, que está sempre mandando em tudo e nunca está satisfeito. Velho ranzinza!

– Meu pai? E da sua família, você não diz nada? Quem tem uma avó que ficou louca?

Discutiam, discutiam, não chegavam a um acordo. O pai saía balançando os ombros.

No dia seguinte, a mesma cena: vai, não vou, vai, não vou.

O pai, na porta, avisava: estou atrasado.

A mãe andava de um lado para o outro.

E eu escapulia para brincar no quintal.

Um dia, porém, antes que eu escapulisse, mamãe enganchou meu braço e me arrastou para o carro.

Acelerou, mas a direção tomada não foi a da escola. Eu só olhava, sem saber onde iria me levar. Chegamos a um bairro diferente.

– Olha só para isso – disse ela. – Você sabe o que é isso?

Não, eu não sabia. Isso o quê? Ruas de movimento, lojas, será que ia comprar alguma coisa? Um presente, talvez? Meu aniversário estava chegando?

– Olha só aqueles meninos pobrezinhos. Não vão à escola, não têm onde morar, só vendem limão na esquina. É isso que você quer para você?

Fiquei olhando os meninos passeando entre os carros. Na calçada, dois deles lutavam, mas por brincadeira. Os carros saíram a toda, e os meninos fizeram um círculo.

– Isso não dá vontade de ir para a escola?

Eu não tinha vontade nenhuma de ir para a escola, mas não disse nada porque percebi que minha mãe enxugava uma lágrima no rosto.

Não falei nada, mas a resposta só podia ser *sim*. E minha mãe voltou a acelerar.

4

A escola. Um grande prédio, e em volta um batalhão de meninos e meninas correndo, como um furacão subindo ao céu.

– Obedeça a professora – disse minha mãe, no portão.

Entrei, e logo uns meninos que eu não conhecia me cercaram.

– Qual é o seu nome?

– Carlo – respondi com firmeza.

Chamaram-me para brincar, fui desconfiado. Mas a corrida, os gritos, não era difícil entrar no furacão. Pega-pega, esconde-esconde, pique-salva. Para quê! Logo chegou a professora:

– Os menores fazem fila para ir ao gramado.

Dormir sobre colchonetes, no meio da tarde? Por que todos ficavam ali, deitados, ouvindo histórias de coelhinhos? Saí de fininho.

– Onde você vai, gracinha?

Levei um susto, a professora trás de mim:

– Eu vou... no banheiro.

– *Ao* banheiro? Mas a entrada é lá fora, no pátio.

Pela mão ela me puxou, bem diferente de Nana: andava rápido, a mão gorda apertada.

Logo fugir se tornou um desejo incontrolável. Fugir da *tia* Vânia.

As crianças seguiam em fila, eu dava um jeito de ir por último e entrar atrás do galpão. Voltava quando dava vontade. Onde é que eu tinha estado? No banheiro, respondia, sempre no banheiro.

Até que os meninos me perguntaram onde é que me metia:

– Tia Vânia é cega – falei. – Fui até a esquina, comprei um chiclete e voltei.

Eles duvidavam, eu mostrava o chiclete como prova, mas a verdade é que inventava tudo. E a ideia ia crescendo na cabeça:

– Se quiserem, um dia levo vocês.

Perguntavam, mas eu adiava o dia de levá-los para fora da escola. Fugir! Eu falava tanto, que começava a parecer verdade. Seria possível?

O portão de ferro por onde entrávamos não encorajava. Só era aberto antes e depois da aula. Os muros também eram altos.

Um dia, um loirinho se aproximou de mim:

– Diz uma coisa. Por onde que você foge?

O menino parecia meio bobo, mas agora eu não podia desmentir.

– Não posso contar – falei. – Senão todo mundo vai querer vir atrás.

Só no fim da tarde o portão se abria: minha mãe já estava lá. Eu pulava no banco de trás, e ela perguntava como tinha sido meu dia.

– Igual.

– Como, igual? Você não aprendeu nada novo?

– Sim, aprendi. Aprendi como fugir da escola.

– Fugir? E quem te ensinou isso?

– Ninguém. Descobri sozinho. Mas só vou fugir quando crescer mais um pouco.

Na mesa, o pai perguntava:

– Que ideia é essa de fugir da escola?

Eu bocejava, teimando em terminar o prato de sopa.

– Você não gosta de estudar lá?

– Estudar o quê? Lá só tem pintura a dedo e histórias de coelhinhos. Meu nome já sei escrever, e nem isso eles ensinam. Só estou esperando para sair de casa e vender limão no farol.

Eles insistiam, mas eu encerrava a conversa:

– Boa noite! – dizia, subindo para o meu quarto.

•

Na escola, tia Vânia estava mais atenta aos meus movimentos:

– Quem quiser pode ir ao banheiro. Agora.

Eu não tinha vontade de ir ao banheiro.

No recreio ficava riscando o chão com um galho.

E olhava uma grande seringueira: os galhos se espalhavam, um deles ia dar direto no muro. Já tinha aprendido a subir em árvores, a começar pela que havia no quintal de casa.

– Vamos brincar de passar anel?

Na minha frente havia uma menina magrinha, que eu não conhecia. Parada com um sorriso sem graça.

– Passar anel? – respondi. – Que brincadeira idiota.

Ela saiu rápido, mais sem graça ainda. Ficou sentada num banco.

Logo tia Vânia chegou, formando a fila. A menina continuou sentada, balançando as botas, e me olhou quando saí: era de outra classe.

– Carlo só conta lorota. Que foge, que nada.

– Fujo – respondi, com fúria. – Quantas vezes quiser!

– Então foge. Agora! Já!

Os meninos começaram a fazer um grande escarcéu à minha volta. Gritavam, e agora eu só queria mesmo fugir.

•

Até que tive uma ideia genial. Sim, só havia essa solução: no fim do recreio chamei o menino loirinho:

– Vou contar tudo – falei. – Mas tem uma condição. Não pode mostrar para ninguém.

Ele me acompanhou, prometendo não contar nada. Chegamos até a grande seringueira. Pulei no primeiro galho:

– Está vendo? – disse, subindo. – O galho chega até o muro.

– E como você vai pular?

– Tem uma escada do outro lado – falei. – Deixei encostada.

Olhos fixos, ele me olhava esperando que eu pulasse.

– Quando o sinal tocar – falei.

– E por que você contou para mim?

– Porque desta vez vou fugir para sempre. Para nunca mais voltar.

O sinal tocou, ele saiu correndo, eu ainda dei *tchau*.

Todos seguiram em fila, o pátio ficou vazio, e desci da árvore. Corri atrás do galpão. Lá escondido entre as tábuas, vi quando tia Vânia entrou pelo pátio e foi dar na seringueira. Outras professoras vieram correndo.

Logo se ouviu uma sirene: era o carro da polícia chegando.

O rebuliço prosseguiu; fiquei sem saber o que fazer. O movimento aumentava, não tinha coragem de sair. Mas logo me encontraram.

Minha mãe estava ali, e me abraçou.

– Então o senhor estava aí – disse tia Vânia, as mãos na cintura.

Voltamos para casa.

Minha mãe não disse nada: a conversa só aconteceu à noite.

– Para o quarto – disse o pai, bravo.

Sem recursos, subi. Mas lá de cima escutava:

– ... se ele não se adapta, é melhor sair.

– Deus me livre – a voz da mãe. – De um jeito ou outro ele vai se adaptar. Nem que seja na marra.

•

Voltei à escola. Depois, claro, de inúmeras proibições.

Agora eu não fugia mais. Também não brincava, não corria e nem entrava no furacão. Estava tão comportado que até começaram a estranhar.

Só que havia uma razão, da qual ninguém desconfiava.

A menina magrinha chamava-se Lucimar. Ficávamos sentados no banco durante o recreio, até dividia meu lanche com ela.

Em casa, todos perguntavam. Brincou muito? Aprendeu não-sei-o-quê? Eu mal respondia, cansado com essa insistência.

– E então? – diz meu pai, uma certa noite. – Está começando a gostar da escola?

– Não muito...

– Fala a verdade – interfere minha mãe. – Você está gostando sim, senão já tinha aprontado uma das suas. Ou será que... arranjou uma amiguinha?

Essa é demais: amiguinha! Mas como? Talvez tenha nos visto na hora da saída.

– Amiguinha, não. Namorada!

Os dois querem saber mais detalhes, perguntam, insistem, mas eu saio da mesa:

– É segredo – respondo, já subindo a escada.

•

Agora todos acreditam. "Carlo tem uma namorada", repetem pelos cantos. A diferença é que agora levo umas bolachas embrulhadas para ela. Às vezes Nana suspira e até coloca uns docinhos na lancheira.

Ficamos sentados no banco, balançando as pernas. Ela tem uma bota maior que a outra, ideia de um médico que custa caríssimo. Pedi para minha mãe uma igual, mas ela disse que na loja não tinha.

O que fazemos, os dois? Levei-a ao meu esconderijo, atrás do galpão. Às vezes eu puxava uma raiz, e da terra pulavam formigas com ovos brancos, minhocas, centopeias. Ela não gostava, mas depois perdeu o medo, e às vezes era a primeira a calcar sua superbota na terra fofa.

Tudo estava caminhando tão bem que eu já tinha certeza de que ia casar com ela. Por isso anunciei minha decisão.

– Casamento é tão complicado... – disse minha mãe com um suspiro. – Até lá você muda de ideia!

Eu fiquei fulo com isso, porque tinha certeza ABSOLUTA, entendeu? Mas minha mãe disse que eu ia conhecer outras meninas, e...

– Eu vou casar com ela, PONTO-FINAL! – subi correndo a escada e bati a porta do quarto.

Ninguém acreditava que iria dar certo. Paciência! A vida é assim mesmo, pensei com desgosto. Mas prometo a ela que vamos nos casar.

E começávamos a ir atrás das moitas, ali onde um bambuzal fazia um círculo. Eu adentrava a sombra dos bambus, sobre o tapete branco das folhas secas, apontando: aqui é a sala, ali o quarto...

O momento de colocar a sementinha se aproximava – afinal, nosso relacionamento estava ficando cada vez mais sério. (Por isso, sempre levava um pouco de alpiste no bolso.)

O que não sabíamos é que estávamos sob vigilância. Era inevitável: correndo atrás das moitas, alguém tinha de desconfiar. Foi assim que, quando o momento chegou, quem é que aparece? Tia Vânia:

– Deus do céu! – gritou, ao nos ver sem roupa. – O que é isso?

Saí correndo, mas logo fui alcançado.

– Aproveitando da menina! – ela esbravejou, me agarrando pelo cangote.

Levou-me para a diretoria. Fiquei horas esperando, longe de todos. As lágrimas corriam. E Lucimar? O que estava esperando, afinal?

•

Em casa, a situação ficou feia. Minha mãe dava voltas sem parar:

– Só quero ver o que seu pai vai dizer.

Se ela desse um beliscão eu ficaria tranquilo. Mas agora, esperando o pai resolver a situação, nem podia imaginar o que iria acontecer.

O pai chegou. Minha mãe contava tudo, ele não entendia nada:

– Fique calma – disse o pai.

– Como, calma?

– Não aconteceu nada.

– Mas eu não admito. Em filho meu só eu posso bater!

Então o problema não era comigo, ora essa – minha mãe estava fula com a professora. Quando fui dormir, ainda discutiam.

No dia seguinte Nana me enfiou o uniforme, mas minha mãe disse:

– Hoje você não vai à escola – sorriu. – Quem vai sou eu.

E saiu com um vestido vermelho. Não para ter aula, decerto. O que ia fazer lá? À noite, as conversas sérias continuaram – o pai falava uma coisa, a mãe falava outra.

No dia seguinte, foram os dois juntos – à escola, novamente. Cheguei a pensar: "Amanhã eles vão levar a Nana".

Errei feio. Naquele mesmo dia, ou melhor, naquela noite, me chamaram até a sala. Os dois estavam sentados. E meu pai anunciou que eu não voltaria à escola. Pelo menos, não durante um bom tempo.

– Por quê?

Minha mãe levantou do sofá e me abraçou.

– Essa escola não merece você, meu filho.

Envolvido no abraço demorado, fiquei sem reação. Tudo indicava que eu deveria chorar, e estava mesmo sentindo vontade.

– Não fica triste – disse ela, levando-me ao quarto. – Você vai esquecer.

Em um minuto já tinha esquecido. Nunca mais ir à escola!, pensei, dando pulos na cama. Poderia fazer o que quisesse!

Dali para frente haveria apenas um mal-estar a cada vez que alguém pronunciasse a palavra *escola*. Os olhos baixos, e a mudança de assunto.

Quanto a Lucimar, nunca mais vi. De qualquer forma, aprendi uma lição espantosa: quando o amor acontece, todo mundo fica contra!

5

Meus pais passaram dias confabulando sobre minha educação. Português, matemática, *quem* ia me ensinar tudo o que eu não estava aprendendo? Discutiram, discutiram, e acabaram me deixando mesmo com a Nana.

Um dia escapuli de casa. Mas como? O menino não estuda e vai para a rua? Foi um bafafá, mas minha mãe acabou deixando eu brincar com os filhos da costureira – desde que Nana não tirasse os olhos de mim.

Eu corria, subia em árvores, jogava bete – e Nana sempre atrás. Se a bola corria do outro lado da rua, ela ia buscar. Se subia numa árvore, ela vinha me pegar – a maior brincadeira era fugir da Nana.

No fim do primeiro dia, Nana deitou na cama com os pés para cima:

– Quer que chame um médico? – perguntou minha mãe.

– Não... senhora. É só a pressão, logo... passa.

No dia seguinte, tudo igual. À noite, Nana veio ao meu quarto de camisola.

– Vamos rezar... para o Papai do Céu.

Sentada na cama, ela fechava os olhos e rezava, quase caindo de sono: Pai nosso... O coque desmanchava e os cabelos pretos chegavam até a cintura. Um cheiro de banho recém-tomado.

– Nana, você pulou uma parte!

– Eu? Imagina... Não... não pulei não.

– Pulou. A pimenta do reino.

– Então vamos começar de novo.

E começou a dizer tudo de novo. Por que eu nunca ficava quieto?

– Nana, quantos anos você tem?

Com um susto Nana abriu os olhos. Ficou pensando:

– Vinte e seis – respondeu.

– Você vai casar?

Nana riu até ficar sem graça. Enxugou os olhos e se levantou:

– Fica com o Anjo da Guarda.

Papai do Céu, Anjo da Guarda, eu já estava acostumado: nunca ficava sozinho.

– Nana – gritei – Espera eu dormir! Conta uma história.

– O Anjo da Guarda te protege.

– Não quero anjo! Quero você.

Nana disse *boa noite* e fechou a porta.

•

Acordava com Pedro chorando, Pedro Pedra, Pedro Pedreiro, esses os apelidos que a mãe inventava para o menino que já crescia e engatinhava. Eu concordava com ela: Pedro era chato como uma pedra, Pedro fazia barulho como um pedreiro. Às vezes chorava e Nana trocava sua roupa.

– O que é isso?

– Fralda para não fazer pipi na cama.

Pipi na cama! Que menino tonto! Para facilitar o trabalho de Nana, um dia levei-o até o banheiro e o deixei dentro da privada. Minha mãe ficou brava, Nana disse que eu ia para o inferno.

– E se ele morresse afogado? Hein?

Se Pedro era uma pedra, certamente afundaria quando jogado na água. Nos fundos de casa havia um poço – haveria a oportunidade de fazer essa experiência?

Nana saía no quintal com o carrinho de bebê. Para tomar sol, dizia.

– Não faz barulho que ele está dormindo.

E Nana foi para a cozinha. Barulho de panelas, cheiro de comida.

Empurrei o carrinho até o banco do jardim, subi e peguei o menino. Levei-o até o poço, coberto por fina madeira. Pedro começou a se mexer. Lá embaixo, pelas frestas, a água brilhava no buraco escuro.

– Olha aqui, Pedro, olha.

Ele revirava as mãos quando Nana saiu no quintal:

– O que você está fazendo?

– Nada.

Nana chegou e pegou Pedro no colo:

– Queria pôr ele no sol? Por que não me chamou?

– Eu tenho força – respondi.

Nana não desconfiou de nada. Ficamos no sol, como sempre. Às vezes saíamos com o carrinho até a praça e voltávamos rápido.

– Por quê?

– O sol está muito forte.

Criança é assim mesmo, diziam. Um dia brincaria comigo, mas esse dia estava longe. Na verdade eu tinha perdido os amigos de brincadeira, porque não podia sair sozinho.

– Eu ainda mato ele – decidi. Só não tinha decidido como.

– O que você está fazendo aí? – dizia Nana, se eu me aproximava do berço.

– Nada.

– Se acordar o menino, você me paga.

Agora estavam atentos a tudo o que eu fazia. Mesmo que eu não fizesse nada.

– Criança que não vai à escola fica mal-acostumada.

A última da casa era dizer, a troco de qualquer coisa, que *criança que não vai à escola fica mal-acostumada.* Eu fingia que não era comigo. Mas Nana estava sempre achando ruim isso ou aquilo. Dizia que eu tinha nascido como anjo, mas dia após dia estava deixando de ser um deles.

– Depois, se você não for para o céu, não adianta chorar.

– Por quê?

– Criança tem de ser obediente. Não vê o Pedro? Ele é bebê e dá menos trabalho que você.

Na minha cabeça, Pedro iria para o céu muito antes do que eu.

Enquanto isso, eu passava o dia em volta de casa com meu velocípede, rodando, rodando.

No quintal de casa havia uma boa descida. Descendo com toda velocidade, tinha dificuldade de fazer a curva. Indo reto, o carrinho saía na terra, sacolejava até encontrar um buraco.

No quintal apareceu um formigueiro, e na minha cabeça um plano genial: com um urso grande e velho calculei o peso, a distância, deixando um tijolo que brecasse o carrinho na hora certa. A experiência foi feita, o carrinho virou de lado, e o urso virou banquete de formigas: exatamente como naquela história que Nana contava, o *Negrinho do Pastoreio*.

O plano era simples: um dia, pai e mãe fora de casa, Nana cozinhando, fiquei com Pedro na sala quase toda a manhã.

Os detalhes estavam definidos. Levei Pedro e o encaixei no banco, o que o divertiu muito. A descida daria velocidade e, como já testado, o formigueiro seria seu destino. Se as formigas quisessem comer Pedro como tinham comido o Negrinho do Pastoreio, isso era problema delas.

Pedro estava adorando o programa. Ria até não poder mais.

Cheguei ao fundo da casa, ali onde começava a descida. O sol forte chegava a ofuscar. O trajeto estava livre, a terra seca. Era só dar o impulso.

O carrinho seguiu no rumo certo, mas um grito cortou o ar:

– O que você está fazendo?

Era a mãe que chegava enquanto o carrinho ganhava velocidade.

– O que é isso? – disse meu pai, que vinha às vezes almoçar em casa.

– Veja só – disse ela. – Carlo colocou Pedro no carrinho.

Os dois chegaram e viram Pedro no meio da terra, ali onde uma valeta tinha acabado de brecar o velocípede:

– Que graça – disse minha mãe. – Os dois brincando juntos!

– Espera que eu vou tirar uma foto – disse meu pai.

A máquina de foto foi trazida, e Pedro fotografado dentro do carrinho, com sua carinha espantada. Eu também apareci nas fotos, do lado de Pedro em meu *kart*, e minha mãe, sorrindo atrás dos filhos.

– Vamos comprar um carrinho com dois lugares! – disse meu pai, entusiasmado.

– Quem sabe Papai Noel traz um no Natal – disse minha mãe.

E os dois ficaram satisfeitos, não perceberam nada. Pensando bem, foi melhor assim. Aos poucos, acabei percebendo que Pedro podia ter mil e uma utilidades.

6

Pedro se tornou uma espécie de brinquedo gigante: joão-bobo que se mexia, caía e levantava, sem vontade própria.

Sobre o *buffet* ficava o grande vidro de bolachas, vidro fechado com tampa, proibição absoluta fora do horário de refeições.

— Pega, Pedro, pega.

Virando-se ele vinha com passos trôpegos na minha direção.

— É gostoso, Pedro, é gostoso.

Olhos esbugalhados, Pedro deu com a mão no vidro, que escorregou e se espatifou no chão.

Rapidamente engoli uns biscoitos, coloquei outros dentro da camisa, e subi correndo ao quarto onde minha mãe costurava.

— Mãe, Pedro quebrou o vidro de bolachas.

— Deus do Céu.

E assim era. Pedro abria a geladeira, Pedro ligava a televisão, Pedro mexia nas coisas de Nana.

Mas ele nunca colocava a cara fora de casa, e os meninos da rua mal acreditavam que eu tinha um irmão. Levei-o então para brincar, e Nana veio correndo buscá-lo, espavorida:

— E se passa um carro e atropela o menino?

Essa possibilidade não tinha me passado pela cabeça. De qualquer maneira, Pedro gostava de sair comigo.

– O que ele faz? – perguntou Manolo se aproximando com sua bermuda. Manolo era um dos filhos da costureira.

– Nada – respondi. – Só chora.

– Tive uma ideia. Pinguim, vem cá.

Pinguim era um dos meninos pobres da favela.

– Tira a roupa – ordenou Manolo.

– Eu? – disse Pinguim. – Tá louco, sô.

– Tira, estou mandando! A camisa e o *short*.

Seguro pelas mãos, o menino foi obrigado a tirar a roupa, que pusemos em Pedro. Pinguim recebeu as outras em troca.

– Onde você vai levar ele? – perguntei.

– Espera aí. Como é que a gente faz ele chorar?

– Como? Sei lá. Chora, Pedro!

– Chora! Chora! Chora!

Pedro olhava para nós atônito, e nada de chorar. Inacreditável. Em casa estava sempre chorando, e agora fazia manha.

– Já sei – disse Manolo.

Manolo trouxe um punhado de terra, que esfregou na cara de Pedro. Mas ele não começou a chorar.

– Mas por que ele precisa chorar? – perguntei.

– Um plano que me bateu na cabeça – disse Manolo.

Matutei, matutei, até conseguir lembrar: sempre que tiravam sua chupeta, Pedro começava a chorar.

– Espera aí – falei. – Vou em casa. Segura ele.

Saí correndo em busca da chupeta e, quando me distanciei, Pedro começou a chorar.

– Ei! – disse Manolo. – Para aí.

Parei, e Pedro ao me ver de volta se aquietou.

– Vai de novo!

Saí correndo, e Pedro voltou a chorar: o problema estava solucionado. Era só ficar escondido de sua vista, e ele abria o berreiro.

– O plano vai dar certo – disse Manolo, levando Pedro.

Manolo entrou na avenida das casas grandes, e puxando Pedro pelo braço tocou uma campainha. De dentro apareceu uma mulher de *bobs*:

– Desculpa incomodar a senhora, mas a mãe saiu para trabalhar e não deixou nada de comer. Meu irmão está chorando de fome.

A mulher de *bobs* logo trouxe biscoitos e um pedaço de bolo. Pedro continuou chorando, e Manolo tocando as campainhas. De trás de uma árvore eu acompanhava tudo: uma velhinha abriu a porta, e Manolo já começava a aumentar a história:

– Foi depois que o pai saiu de casa. Minha mãe foi pro hospital, mas não deram o remédio para ela. Aí ela teve que pedir emprestado. Aí o leite acabou, ela não teve tempo de passar na venda. E olha que eles nem vendem fiado!

A velhinha, chorando, pegou Pedro no colo, tentando consolá-lo.

O saldo da campanha foi um par de maçãs, três laranjas, um chocolate branco, um pacote de bolachas, um pedaço de bolo. Sem contar o que os dois tinham comido no percurso. Fizemos um piquenique.

Nana, quando veio atrás de nós teve um ataque ao ver Pedro com a cara suja. E, à noite, ele não quis saber de comer nada.

Na calçada organizavam-se brincadeiras segundo as alturas:

– Manolo é maior que Pepe. Pepe é maior que Carlo. Carlo é maior que Batatinha. Batatinha é maior que Pinguim. Pinguim é maior que Pedro.

Eu gostava desses nomes. Às vezes os nomes eram ainda melhores: Sovaco, Meia-calça, Saci.

– Pedro é o menor. Então é ele quem vai servir de isca.

Íamos até o quintal do seu Zé, velho rabugento dado ao chicote. Pedro entrava primeiro, passando sob o arame farpado: começava a pegar as jabuticabas, e se ninguém aparecesse todos os outros seguiam atrás.

Um barulho de porta rangendo bastava para que todos saíssem em disparada, gritando. Pedro, sem entender nada, corria atrás de mim. A cara assustada, ele se agarrava na minha perna e eu era obrigado a levá-lo no colo.

– Eu já disse que Pedro não tem idade para brincar na rua – disse minha mãe, à noite. – Que isso não se repita.

– Ora essa – meu pai replicou. – Moleque tem que viver solto. Aqui não passa carro nem nada.

– "Ora essa" digo eu. Basta o primeiro. O segundo você não vai estragar.

E Pedro ficou proibido de sair de casa.

Na rua, era Manolo quem tomava as iniciativas. Pepe, seu irmão menor, sempre obedecia.

– Vamos lá na venda do seu Lico. Você me dá cobertura.

Eu começava a achar os planos de Manolo arriscados, mas não falei nada. Todos participavam: eu comprava um quilo de açúcar, Pepe dava cobertura tapando a visão de seu Lico, Pinguim mexia nos sacos de feijão, enquanto Manolo roubava uma caixa de chocolates.

– Ei, moleque! No que você está mexendo? Chamo a polícia, hein?

Tirando a caixa de chocolates das mãos de Manolo, seu Lico ainda lhe deu um cascudo na cuca. Saímos na rua sob os gritos do velho:

– Se voltarem aqui eu capo vocês. Experimentem!

Antes de chegar à esquina Manolo começou a xingar Pepe.

– Não me deu cobertura. Imbecil.

Pepe não respondia nada. Perguntei:

– E o que eu faço com esse açúcar? Gastei minhas moedas à toa.

– Me dá aqui – disse Manolo, pegando o pacote da minha mão, rasgando-o e pegando um punhado. – Engole, cara de sapo.

Manolo segurou Pepe pelos cabelos e lhe enfiou o açúcar na boca. Pepe engasgou e quase sufocou, tossindo, mas depois disse:

– Eu até gostei. É docinho.

– Gostou, é? Toma então, filho de uma mula.

Manolo foi para cima de Pepe, dando-lhe socos. Pepe saiu correndo e chorando:

– Você vai ver. Vou chamar o Meia-calça.

– Chama, covarde. Em casa a gente conversa.

Pepe sumiu e ficamos andando sem destino. Não nos restava nada a fazer a não ser colocar o açúcar numa lata e fazer um foguinho. O açúcar derretia e depois endurecia como um cristal, mas logo eu perdi a vontade de comer aquilo. De repente Manolo se levantou e chutou uma lata:

– Inferno!

– Que foi? – perguntei.

– A gente não vale nada nessa vida – disse ele.

Eu não entendia muito bem aquilo, mas fiquei quieto, pois ele parecia saber do que estava falando. Manolo às vezes era revoltado. Se passava alguém com uma bicicleta nova, dizia:

– Olha lá, o filhinho de papai.

Desfazia do filhinho de papai até não poder mais. Depois, se chegava a conhecer o menino, pedia:

– Posso dar uma volta?

Ficava amigo, convidava para brincar, mas a história nunca durava muito. Renato foi um desses. Tinha bicicleta, morava na avenida, usava tênis e meia branca.

– Na sua casa tem piscina?

– Tem.

Ficamos esperando para saber quando botaríamos os olhos nessa piscina. Antes do dia chegar, porém, Batatinha implicou com Renato:

– Ele disse que eu tenho o pé torto.

– E não tem? – perguntou Manolo.

– Não – disse Batatinha. – Jogo bola melhor que ele.

– Isso eu não sei.

A primeira bola cruzada, Batatinha foi em cima de Renato. Ele não gostou:

– Sujou meu tênis. Vai ter que lavar.

Batatinha não quis lavar o tênis de Renato.

– Então não trago mais a minha bola de couro, oficial.

Manolo tentou acalmar, até que o jogo continuou.

Contudo Renato impôs uma condição: não deveríamos mais brincar com Batatinha. Na rua, a bicicleta rodava de mão em mão, e Batatinha ficava olhando.

– Ele me paga.

A primeira bola que rolou na rua, Batatinha entrou em Renato, por trás. Renato caiu no chão, ralou o joelho. Saiu sangue.

– Eu avisei que ele não podia entrar. Agora quero um *band-aid*.

Armou-se uma confusão na rua. Ninguém trazia *band-aid*, Renato quis levar a bola.

– Qual é o problema? – disse Manolo. – Você é maior que ele.

Renato era maior, mas Batatinha era invocado e parecia um toco:

– Quero ver quem vai me tirar. Eu sempre joguei aqui.

– Cala a boca – disse Manolo. – Você quer estragar tudo?

– E o meu *band-aid*? – insistia Renato.

Armou-se a confusão. Manolo falou, falou, e achou um jeito de acomodar todos:

– Batatinha fica no gol.

O jogo continuou. Mas Batatinha provocava Renato:

– Vai, perna de pau. A bola é tua mas foge de você!

Renato quis fazer um gol. Batatinha foi mais rápido, avançou e chutou a bola. Ou melhor, chutou a canela de Renato, que caiu no chão uivando de dor.

– Foi pênalti.

– Não foi.

Outra confusão. Manolo decidiu:

– Foi pênalti e pronto.

Renato levantou rápido e ligeiro para cobrar o pênalti.

– Goool! – Renato gritou correndo, até pegar a bola e ir embora.

– Onde você vai?

– Vou fazer curativo.

– E o jogo?

– Tenho aula de natação.

– Mas... – Manolo ficou com cara de bobo.

– Não vou jogar mais aqui, não. No meu clube tem campo de grama.

Renato não jogou mais na rua. Voltamos a usar a velha bola de borracha. A piscina de Renato tinha sido apenas uma miragem.

– Alegria de pobre dura pouco.

•

Mas Manolo nunca desistia de seus planos:

– Tive uma ideia genial – anunciou uma tarde.

Escolados com as ideias de Manolo, ninguém disse uma palavra.

– Podemos ter um baita lucro – Manolo insistiu.

Roubar seu Lico? Ninguém tinha mais coragem. E de onde viria esse lucro mágico?

– Vocês vão ver.

Todos começaram a perguntar, e Manolo, manhoso, não contava:

– Esperem até sábado. Só vou contar para quem vier aqui na pracinha.

A pracinha nada mais era que o terreno baldio onde tínhamos encontros. Naquele sábado, com a expectativa criada por Manolo, havia lá pelo menos uns dez. Pedro foi também.

– Bem, antes de começar, vou fazer uma pergunta – disse Manolo. – Algum de vocês frequenta a igreja de Santa Terezinha?

Igreja de Santa Terezinha? Ninguém entendeu a pergunta.

– Se vocês frequentam, o plano não vai dar certo.

Se alguém frequentava, não teve coragem de dizer. Minha mãe já tinha tentado me levar à igreja, mas depois da primeira tentativa nunca mais se arriscou.

– Então vamos prosseguir. Quem está com roupa nova tem de trocar. Quem está de tênis vai tirar.

Quase ninguém tinha roupa nova. Algumas roupas velhas foram providenciadas pelos que moravam na favela. Pedro gostou:

– Essa roupa pode sujar.

– Ei! – disse Manolo. – Esse reloginho também.

Tirei meu relógio e saímos em caravana, um bando de maltrapilhos. Para nossa surpresa, havia uma festa no pátio da igreja. Uma fila para pegar bolo, outra para pegar sanduíche, outra para tomar ki-suco.

– Calma. Tem para todos.

Uma fila em forma de serpente. Meninos da favela, mães com filhos no colo:

– Deus lhe pague.

– Amém.

A mulher que organizava a fila fazia questão de dizer que toda a comida tinha sido benzida pelo padre.

– O ki-suco também?

– Vamos apertar para caber todo mundo!

A fome dos convidados era maior do que a esperada, e as reclamações começaram a aparecer:

– Olha só meu sanduíche, veio sem salsicha.

– Calma! Daqui a pouco vêm os brinquedos.

Um tumulto começou a se formar, todos queriam saber onde estavam os brinquedos, e acorreram em direção à entrada da igreja. Alguém tinha visto um saco gigante no altar. A porta da igreja foi fechada:

– Pelo amor de Deus, um pouco de sentimento!

Ninguém dava um passo para trás. Ao contrário, começaram a pressionar para entrar de uma vez, e uma voz subiu em tom de ameaça:

– Será que vamos ter de chamar a polícia?

O apelo foi atendido. O empurra-empurra cessou, todos ficaram bonzinhos, esperando os presentes. Mas Manolo orientou:

– Não vamos sair daqui, que esses brinquedos vão acabar antes da hora.

Os presentes começaram a ser entregues dentro da igreja, por mulheres e um Papai Noel. Quando vimos os carrinhos azuis, as bolas de plástico e as bonecas cor-de-rosa quisemos desistir.

– Não – disse Manolo. – A gente vende depois.

Continuamos esperando. Pedro estava se divertindo. Quando chegamos perto do altar, quem estava lá, dando os brinquedos? Ninguém menos que minha mãe. Ela olhou para nós, e voltou a olhar, sem reação:

– Pedro! Carlo!

Ver Pedro nos trajes favelados deve ter feito mal a ela, pois se sentou e uma mulher veio acudir.

Sem pensar saí da fila, e ia saindo da igreja quando ouvi o grito:

– CAAAAARLO!

O grito ecoou na igreja, mas não voltei atrás. Escapuli para a rua, para longe, e depois de andar sem destino acabei chegando à pracinha, único lugar que me ocorreu.

Fiquei ali quieto. Enquanto isso o céu escurecia. Só mais tarde Manolo chegou com os outros, carregados de brinquedos de plástico.

– Eu não falei? – disse Manolo.

Os brinquedos foram guardados, para depois se transformar em lucro. Batatinha queria ficar com uma bola de plástico, mas segundo Manolo o dinheiro daria para comprar uma bola de couro, das boas.

– E meu irmão? – perguntei.

– Sua mãe levou, e mandou você levar as roupas dele.

Carregando uma sacolinha de plástico, cheguei em casa sem um ruído. Esperava uma explosão. Fiquei na cozinha enquanto Nana preparava o jantar.

– O que foi que você aprontou? – ela perguntou.

– Eu? – perguntei. – Nada.

– Boa coisa não deve ter sido. Sua mãe está uma arara.

A hora do jantar chegou e todos se sentaram à mesa, em silêncio. Eu esperava a bronca, mas só na hora da sobremesa minha mãe falou: esse tal de Manolo não era boa influência, eu devia procurar outras companhias.

– É verdade – disse meu pai. – Você tem tanto brinquedo, para que pegar os presentes dos pobres? Não tem pena deles?

Envergonhado, não disse nada. Pouco a pouco eu percebia que uma palavra aqui, outra ali davam o tom: eles nunca aprovavam nada do que eu fazia. E o que faria com Manolo?

– Há amizades que não compensam – disse minha mãe. – Esse menino não é flor que se cheire.

– Não posso andar muito com você – falei para Manolo, no dia seguinte. – Se minha mãe perceber vai dar problema.

– Eu sei – disse ele.

Ficamos quietos, mas eu podia ver que ele estava com raiva.

– Você ficou com raiva? – perguntei.

– Já estou acostumado. Minha costa é larga.

– O que eu posso fazer?

– Nada – disse ele. – É a lei. Tem de obedecer.

E dizendo isso foi embora.

As coisas que Manolo dizia me surpreendiam. O que isso queria dizer? Fiquei em dúvida. Mas confiei que, com o tempo, continuaríamos tão amigos como antes.

7

Uma tarde, os meninos tocaram a campainha de casa:

– Estamos indo para o Taquaral – anunciou Manolo, à frente de todos.

E esperavam uma resposta minha. Mas o que fariam no Taquaral?

– Tem represa, peixe para pescar. Tem caqui no pé.

O Taquaral era um local distante, do qual eu só tinha ouvido falar.

– E como vocês vão até lá?

– Andando, ué – disse Batatinha. – Em meia hora a gente chega.

– Eu não posso – falei. – Minha mãe não vai gostar.

Eles insistiram, mas eu sabia que desta vez não tinha jeito. Levaríamos muito tempo para ir e voltar, e quando eu voltasse tudo já estaria de ponta-cabeça. Eles se despediram, fiquei no portão.

Não tinha volta. Permaneci ali, preso, como se houvesse um peso acorrentando meus pés – mas que peso era esse? Eu não sabia. E até quando seria assim?

Mas o tempo trouxe outras respostas: Manolo não conseguiu juntar dinheiro com os brinquedos de plástico, pois todo mundo tinha ganhado um igual. Não compramos bola nenhuma, e a de borracha furou.

Manolo começou a trabalhar com o pai no caminhão de verduras. Chegava tarde, e tinha de estudar à noite. Deixamos de ter alguém para comandar a turma, mas minha mãe estava aliviada: agora sua maior preocupação não existia mais.

– Aonde você vai?

Estilingue no bolso, embornal a tiracolo, eu escapulia sem dar satisfação. Sabia que a pressão tinha diminuído. Agora, sem Manolo, era eu quem tomava as iniciativas:

– Por que não construímos uma casa no alto da árvore?

Eu tinha muitas ideias: precisávamos de corda e resolvi roubar náilon do quintal de dona Amélia, onde tinha varal.

Esperamos dona Amélia sair com seu carrinho de feira. Mas – decepção – o portão estava trancado.

– Por trás.

Juntamos caixotes do lado de um muro, como se entrar ali fosse a coisa mais fácil do mundo. Pulamos. Pedro, mais uma vez, atrás de nós.

Os fios de varal dando sopa, enrolamos num carretel – a questão era arrancá-los dali. Com um caco de vidro cortamos os fios mas o último deles, ao ser cortado, inexplicavelmente desarmou o varal todo, levando roupas molhadas ao chão.

– Vamos sumir – falei, desatando a pular o muro. Só que não era fácil. Batatinha foi o primeiro. Pedro, menor, não conseguia alcançar a beirada.

– Dá a mão.

– Não consigo.

– Espera, vou jogar o caixote.

Não houve tempo. Dona Amélia já tinha chegado e rompeu no quintal com um grito estridente. Pulei do outro lado e a ouvi dizer:

– Demônios.

E agora? Desta vez não iria esperar – Pedro já estava nas mãos dela. Corri para casa, subi ao meu quarto e fiquei esperando a bomba: pela veneziana vi dona Amélia chegando, puxando Pedro pela orelha. Pôs-se a gritar diante de casa, mas minha mãe não abaixava a crista:

– Não está certo, reconheço, mas em filho meu ninguém põe a mão.

– E minhas roupas, jogadas no chão sujo? – disse dona Amélia.

– Eu pago.

– Paga? Como assim, paga?

– Pago o sabão, a lavadeira, o que a senhora quiser. Mas em filho meu ninguém põe a mão.

Dona Amélia saiu chispando, mais nervosa que antes. Minha mãe bateu a porta e entrei debaixo da cama, esperando que ela não me achasse, até passar o nervoso. A tarde escureceu, e pelo visto minha mãe não estava com pressa – e o beliscão, o castigo?

Nos últimos tempos era assim. A explosão tardava, o castigo dava lugar a uma conversa séria. Por algum motivo eu preferia como era antes, mesmo que o beliscão fosse ardido.

A noite chegou. Os ruídos do carro, o barulho de chave na porta, e então...

– Não posso mais com ele – dizia minha mãe, na sala.

– Bobagem. Moleque é assim.

– Eu não aceito! Se for sozinho, nem digo nada. Mas que ele leve o mais novo, não, isso é demais.

– Fala baixo.

Então era isso. Eu sabia! *Eu* era o problema, o único problema naquela casa. Voltei para o quarto. Agora só havia uma saída:

– Vou me matar – decidi, olhando no espelho. – Me matar... para sempre.

Olhando no espelho, eu repetia: "Para sempre". E como se daria o feito? No poço do quintal. Ou talvez... parando de respirar, até morrer por falta de ar. Sim! Agora mesmo!

Estava começando quando meu pai entrou no quarto:

– Bonito! – disse ele. – Sabia que sua mãe está aborrecida?

Continuou, sem olhar para mim:

– Entrar na casa dos outros, roubar coisas... E a educação que damos a vocês?

Parecia realmente desgostoso. Mas eu já estava quase conseguindo: minha boca estava a ponto de explodir, e eu segurava com força. Comecei a chutar o colchão.

– O que é isso? – meu pai estranhou.

– AAAHH! – gritei, soltando o ar, sem força para segurar mais.

Em um instante ele compreendeu tudo. Ficou ali, desconsolado, olhando o filho errado, que nem conseguia se matar:

– É... – disse ele. – Sua mãe está muito chateada.

Dessa vez eu não tinha recursos, não podia negar nada. Agora eles sabiam quem eu era. Meu pai aproximou o rosto espesso de mim:

– Mas se você quer saber – disse ele –, isso não tem importância. Quando moleque, eu fazia igual – e me abraçou, como se estivesse se reconciliando comigo. Contudo, deu recomendações: não fazer aquilo de novo para não aborrecer mamãe.

Meu pai saiu satisfeito, e fiquei sem saber o que pensar. Ainda ouvi:

– E então? – disse minha mãe.

– Prometeu se comportar.

– Deus queira que sim. Senão vamos ter de tomar providências.

E que providências seriam essas? Não sabia, tudo estava estranho. No jantar, deixei metade da comida no prato e ninguém reclamou.

Naquela mesma semana, num dia à tarde, chegou a notícia: um caminhão tinha pegado Manolo, quando ele trabalhava com o pai. Diziam que ele estava no hospital, mas ninguém sabia o que tinha acontecido.

Batatinha veio em casa, e saímos pelas ruas do bairro. Pepe, irmão de Manolo, não aparecia, e não tínhamos coragem de ir à sua casa. Juntaram-se a nós Pinguim, outros que jogavam bola, e seguimos andando.

Minha mãe nos avistou, e me chamou para dentro de casa. A tarde chegava ao fim.

À noite, a turma apareceu em casa. Fui até o portão. Batatinha disse que estavam indo à igreja, onde estava Manolo. Era o velório, explicou. Mesmo sem ter entendido, voltei para dentro. Preparei-me para ir com eles, peguei uma malha, e minha mãe se opôs:

– Você não vai, não.

– Mas eu tenho de ir! – bradei cheio de espanto ao pé da escada, já com a malha amarrada na cintura.

– A situação não é adequada para um menino de sete anos.

Minha mãe fincou pé, mantendo a proibição, e foi pessoalmente ao portão avisar os meninos que eu não podia ir. Pela janela, vi eles se afastarem sem dizer uma palavra.

Por que eles podiam e eu não? Por que a mãe deles não proibia?

Saí pela porta dos fundos, dei a volta na casa e me preparava para sair pelo portão quando minha mãe apareceu:

– Carlo, volta aqui. Eu disse não! Você não vai dormir à noite!

– Se eles vão eu também vou – disse, abrindo o portão.

– Carlo! – ela gritou. – Se você for não vai mais voltar para casa! Eu estou mandando – e por um instante parei, instante que minha mãe aproveitou para me puxar para dentro. Foi me levando e explicando que, agora, o melhor a fazer pelo Manolo seria rezar por ele, que ele já estava no céu.

Inconformado, bati a porta do quarto. Mas eu não rezaria coisa nenhuma! Tranquei a porta. Ali estava o ursinho idiota, descansando sobre a cama. Abri a janela e joguei-o para fora. Joguei o meu carrinho de pedalar, e o barulho de plástico quebrado encheu a rua.

Meu pai estava chegando nesse instante, pois ouvi sua voz:

– Carlo! Que é isso?

O armário de brinquedos continha objetos sem utilidade: a cobra de pano rasgada, o martelinho de madeira. Joguei um por um pela janela.

– Carlo! Carlo! Abre a porta.

Mas eu não abria. Procurava no fundo do armário, mas agora via ali a bola de borracha furada, e eu não queria jogá-la.

– Carlo! – disse minha mãe. – Abre a porta.

E eu não abria. Ouvi ainda:

– Deus do céu! O que fazer com esse menino?

Vozes se afastando, ruídos de passos na escada. Tão longe que eu abri a porta para ouvir, mais uma vez:

– As circunstâncias justificam – disse o pai. – Daqui a pouco tudo volta ao normal.

– O que é o normal?

– Ele volta a ser um pestinha.

– Mas não basta. Pelo sim, pelo não, é melhor enfiá-lo de uma vez por todas em uma escola.

Assim, descobri o que eles pretendiam fazer comigo.

Parte dois:
O clube

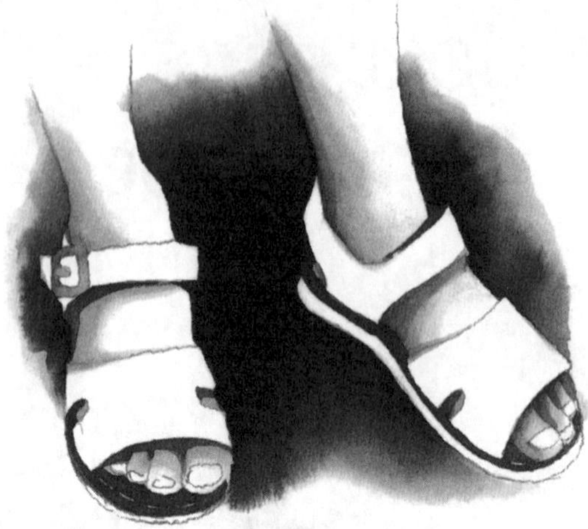

8

A escola era como todas as escolas: aula, recreio, campainha. Eu sentava num canto, mordiscava um sanduíche, e olhava de longe: de um lado meninas conversando, de outro meninos levantando poeira do chão.

O sinal tocava, corriam todos para as salas de aula, empurrando-se na entrada, para copiar letras da lousa, ou montar quadrados de plástico.

Um dia, no recreio, algo aconteceu e todos correram para ver: no meio da roda um menino, grande, ameaçava outro, bem menor:

– Você provocou, safado. Agora vai ter.

Avançou com chutes e socos. O outro tentava, mas não conseguia se defender. As meninas gritavam, os meninos intervinham:

– Acerta!

– No saco!

A violência foi tanta que o menor começou a sangrar no nariz. Eu cheguei a ter medo: e se me pusessem no meio da briga? Por que brigavam?

– Foi por causa de mulher! – disse alguém, e uma voz explicou: o menor tinha dado um beijo na namorada do outro.

– Ah! Então ele merece!

Uma briga, e por causa de mulher!

— E a que traiu, onde está?

— Mas ela não teve culpa — comentou uma menina. — Ela foi beijada sem dar permissão!

Logo veio o bedel do colégio, para apartá-los. Veio também a coordenadora pedagógica. Levaram os dois para a diretoria — e o que ia acontecer com eles? O sinal tocou, voltamos para a sala de aula.

Agora, no recreio, eu ficava ainda mais quieto, mordiscando meu sanduíche. Havia uma única quadra, disputada pelos que queriam jogar futebol. Sempre que alguém caía, outra briga ameaçava estourar. Eu preferia ficar longe, bem longe.

E comecei a reparar num menino pequeno, que também não jogava futebol e nem ficava correndo na hora do recreio. Sempre nos cantos, às vezes cruzávamos o olhar, mas não conversávamos.

Até que um dia, na classe, caímos na mesma mesa. Nossa tarefa era montar quadrados de plástico:

— Brincadeira imbecil — disse ele, com ar superior. — Sei montar coisa muito mais difícil.

— Eu também — menti. Na verdade, achava interessante montar aqueles quadrados.

— Já montei até um caça americano.

— Eu montei um submarino — falei, lembrando-me de um brinquedo na vitrine.

Ele não se impressionou com meus feitos. Enquanto eu me empenhava, montou os quadrados de qualquer jeito e não trocou palavra.

Na hora do recreio eu sempre olhava para ele tentando estabelecer um vínculo. Mas ele andava sozinho, sem dar atenção a ninguém.

Até que começaram a me chamar para brincar disso ou daquilo. Eu entrava na brincadeira, ele continuava distante. Um dia, no pega-pega, um dos meninos o chamou:

— Ei, Raul! Quer entrar?

Só aí descobri seu nome. Mas ele disse:

— Não, obrigado.

Comecei a brincar mais e mais, Raul nunca entrava.

— Metido a besta.

Inventaram até um apelido: Mosquito. Ô, Mosquito!, diziam quando passava. Mas eu não achei que era metido a besta. Por que razão não brincava era uma coisa que eu queria descobrir.

Um dia, cruzei com ele. Resolvi arriscar:

– Ei, Raul. Quer jogar bafo?

– Estou indo para um lugar.

– Que lugar?

– Um esconderijo. Depois, meu álbum está completo.

Que esconderijo era esse eu não sabia. Mas achei estranho que ele já tivesse um álbum completo: eu mal conseguira metade das figurinhas.

Nas vezes em que ele entrava em alguma brincadeira, dava palpite e queria mudar as regras. Foi assim quando brincávamos de chutar bola ao lado da quadra:

– O goleiro tem de revezar – disse Raul. – Senão não vale.

Quem não queria ser goleiro protestava, e ele insistia na ideia. Eu concordava, mas todos preferiam deixar Luisinho no gol improvisado, e não mexer em nada.

Até que um dia aconteceu algo inesperado: João, um dos maiores da escola, deu por falta do seu relógio no fim do jogo.

– Quem foi que pegou? Olha que eu mato.

Começou a perguntar a todo mundo onde estava seu maldito relógio. Logo se formaram dois grupos, os que estavam do seu lado, e os outros. João tinha amigos quase tão grandes quanto ele.

– Quem foi?

– Eu não fui – diziam todos, a cada vez que João olhava para um deles.

Até que João parou e encasquetou com Raul:

– E você, Mosquito? – se aproximou. – Essa cara lambida não me engana, não. Onde está meu relógio? – e foi passando a mão no rosto de Raul.

– Tira a mão de mim, filho da mãe – reagiu ele.

João congelou. Não podia acreditar no que tinha ouvido:

– O que foi...? O que você disse? Repete, se for homem.

Uma roda se formou em torno dos dois. Raul, muito menor que João, não dizia nada.

– Pede perdão – disse João. – Pede perdão de joelhos.

Raul não pedia perdão e não parava de olhar, sem demonstrar medo.

– Pede perdão – insistia João. – Senão... – e mostrava o punho fechado.

Eu sabia que Raul não ia pedir perdão de jeito nenhum, e alguma coisa começou a gelar dentro de mim – um medo, uma raiva, não sabia bem. Raul não só não pedia perdão, como não abaixava a cabeça. Senti o coração apertar, mas de repente me deu coragem de sair no meio do círculo, e tentei falar forte:

– Covarde! Bate em mim primeiro.

Uma confusão se armou. João, olhando para Raul, não esperava essa reação. Alguém veio por trás e me empurrou para a briga. Outros chegaram, os amigos de João, e sobraram tapas e socos para todos os lados. Mais uma vez o bedel veio apartar. Acabamos todos na sala da coordenadora pedagógica:

– Vocês precisam aprender a dialogar, meninos – disse ela.

Todos começaram a falar ao mesmo tempo. Acusações voaram contra João, que pelo visto era detestado.

– Eu só estava procurando meu relógio, que eles roubaram.

– Mentira!

– Mentira é o nariz da tua mãe.

Depois de vários xingamentos, a coordenadora mandou todo mundo embora:

– Da próxima vez suspensão geral!

Cada qual foi para seu canto. A conclusão é que acabei ficando amigo de Raul. Nunca mais alguém teria coragem de mexer com a gente!, pensamos, com orgulho. De qualquer forma, não pretendíamos arriscar.

– Vou te mostrar um segredo – disse ele, e se encaminhou para trás do prédio, onde havia um corredor escuro. Passamos por vassouras, subimos uma escada e chegamos a um triângulo: o esconderijo. Ali, por uma fresta, via-se o pátio e a quadra.

– De camarote – ele disse, me oferecendo um tijolo para sentar.

Levamos coca-cola, batatinha chips, ficávamos olhando a distância as brigas que espocavam aqui e ali, certos de que estávamos seguros. E começamos a nos sentir mais adultos:

– Figurinha é coisa de criança – afirmou Raul.

Eu estava enjoado de figurinha e concordei. Mais tarde, porém, os que jogavam bafo vieram desafiar:

– Por que você não joga?

– Eu não tenho mais – disse Raul. – Não compro.

– Não faz mal. Toma. Empresto.

O menino, feroz batedor de bafo, arrumou as figurinhas no chão. Raul bateu uma, ganhou, duas, perdeu, e na quarta ganhou tudo de volta.

– Chega! Já ganhei bastante.

– Ganhou uma ova! Essa figurinha é minha.

– Ué! Eu não joguei? – estranhou Raul.

– Figurinha emprestada, meu! Era só jogo.

– Então toma – e Raul jogou as figurinhas no ar.

Outra briga quase começou, mas fomos embora com uma conclusão: criança é assim mesmo!

Raul às vezes trazia o almanaque do escoteiro. Havia os que iam para o meio do mato, construíam cabanas, comiam frutas, faziam o que bem entendiam. Havia até um desenho de uma cabana feita de galhos.

– Está vendo? Fizeram um cantinho.

– Não é cantinho que está escrito. É CANTIL. Tem que levar quando vai para o mato.

Raul já sabia ler melhor que eu. Mas eu estava extasiado: tínhamos de dar um jeito de acampar no mato. O mais rápido possível.

– Pode ir tirando o cavalinho da chuva – disse minha mãe.

– Por quê? – perguntei.

– No mato, aos oito anos? Quando crescer, nós conversamos.

– Minha mãe fala a mesma coisa – disse Raul, no dia seguinte. – Temos de dar um jeito de crescer rápido.

– Como?

– Comendo bastante, acho. Tem outro jeito?

Comecei a comer bastante, e de tudo. Minha mãe, maravilhada, ordenava à Maria, a cozinheira:

– Pode fritar mais bifes. Aproveitar a fase.

O motivo – ficar grande para sair de casa, acampar – permanecia um segredo entre mim e Raul. Comi, comi, e depois de uma semana estava do mesmo tamanho. Raul também desanimou:

– Dá até moleza comer demais – concluiu.

Voltamos a ser dois magros empedernidos, Raul mais que eu. E por que outra razão todos o chamavam de Mosquito?

Contudo, um dia ele reagiu:

– Não gosto que me chame desse nome – disse para um menino.

– E daí? Todo mundo chama você de Mosquito.

– Todo mundo, vírgula. Meu nome é Raul. Entendeu?

– Entendi.

O menino não disse mais nada. Mas essa firmeza de Raul foi aos poucos gerando uma atitude contrária, implicância, vontade de enfrentá-lo:

– E aí, Mosquito?

– Tudo bom, Mosquito?

– Cuidado com o Rodiasol, Mosquito.

Muitas vezes ele ficava quieto, e com raiva. Vez ou outra, porém, reagia. Estávamos indo ao esconderijo, e uma menina magrinha apareceu no meio do caminho:

– Onde vocês estão indo?

– Não interessa – Raul respondeu.

– É proibido ir lá atrás, a tia disse. Ou será que você gosta de lixo, Mosquito?

– O que eu gosto não é da sua conta.

– Não é mesmo. Mas bem que dizem...

– Dizem o quê?

– Você não tem o que comer, por isso é magrinho desse jeito.

– E você, por acaso é gorda? Toma cuidado, sua calcinha está aparecendo.

Deixamos a menina plantada sem resposta, sumimos no corredor.

– E se descobrirem o esconderijo? – perguntei.

– Não vão. O corredor é escuro, eles têm medo.

Ficávamos quase o tempo todo ali. Como no almanaque, fazíamos uma fogueirinha de gravetos, e esquentávamos pedaços de pão. Um dia resolvi pegar uma banqueta que ficava encostada na parede.

Qual foi minha surpresa quando no meio do trajeto uma menina apareceu na janela:

– Vou contar para a professora – disse sem se abalar, com seu colarinho engomado.

– Pode contar – falei, com raiva de sua cara de fuinha. – Você conta porque é vesga.

Ela desatou a chorar e voltou para dentro. Que eu soubesse, nunca contou nada para ninguém.

Estávamos convencidos da nossa superioridade. Assistíamos a tudo do esconderijo, as disputas na quadra de futebol, as brigas entre os mais fortes. E se nos provocavam, Raul sempre dava o troco. Uma menina loira foi chamada de Lassie, um gordinho foi chamado de Manteiga, um pescoçudo de Girafão.

– Mosquito, não adianta botar apelido, porque só pega em você – disse uma menina.

– Só em mim? Você não sabia que todo mundo te chama de Isafeia?

– Mentira.

– Pode perguntar. Quase ninguém sabe que seu nome é Isabela. Também, não tem nada a ver.

Os que estavam em volta deram risada, a menina ficou sem graça. Mas as provocações continuaram. Um grito, uma risada, um assobio:

– Mosquitinho!

– Zum-zum!

Raul não tinha como escapar. Nem ignorar. Eram reações dispersas, sem uma origem definida. Às vezes, conversavam em voz baixa.

– Temos que tomar cuidado – disse Raul.

– Por quê?

– Não sei o que estão planejando.

Olhares atentos. Se passávamos do lado, paravam de conversar. E se descobrissem nosso esconderijo? Eu também achava que alguma coisa estavam tramando. Muitos deviam estar envolvidos.

Minha vontade, agora, como no começo, era não ir mais à escola. Mas Raul apenas dizia, firme:

– A gente não pode abaixar a cabeça.

Eu admirava a decisão de Raul, mas não sabia se isso estava certo. Às vezes, tinha vontade de dar uma boa resposta para alguns, mas não de brigar com todos. Na verdade, não queria brigar com ninguém.

– O que está acontecendo? – perguntei.

– Não sei. Todo mundo anda quieto. Acho que estão com medo de nós.

Ou estão fazendo um plano, pensei.

Até que aconteceu. Não foi um plano, mas aconteceu.

Estávamos no recreio fazendo embaixada. Eu mal conseguia fazer quatro. Raul fazia mais – apesar de não jogar na escola, tinha uma bola em casa.

Até que alguém viu, no lixo que estava sem tampa, uma revoada de mosquitos. Tanto mosquito que a monitora mandou levar o lixo embora, por perigoso. O guarda levou, todo mundo foi gritando:

– Mosquito, mosquito!

– O que foi? – perguntou Raul.

Os gritos continuaram, ele ergueu a cabeça. Mas os gritos não pararam, e ainda começaram a jogar pedrinhas sobre ele.

– Mosquito! Mosquito!

A reação foi geral. A nuvem de pedrinhas cresceu, como uma tempestade.

– Mosquito! Mosquito!

Parecia uma brincadeira, uma festa. Eu, que estava perto de Raul, também fui atingido. Ele só pôde proteger o rosto.

Pedras no rosto, nos ouvidos, no nariz. Senti-as por um momento, mas Raul saiu correndo e foram atrás dele, gritando "Mosquito", e cobrindo-o de pedrinhas.

Só fui vê-lo mais tarde. Estava, claro, no esconderijo.

– Machucou? – perguntei.

Ele não disse nada. Acendi o fogo, não tinha o que dizer. Estava surpreso, essa a verdade. Foi a primeira vez – única? – em que vi Raul chorando.

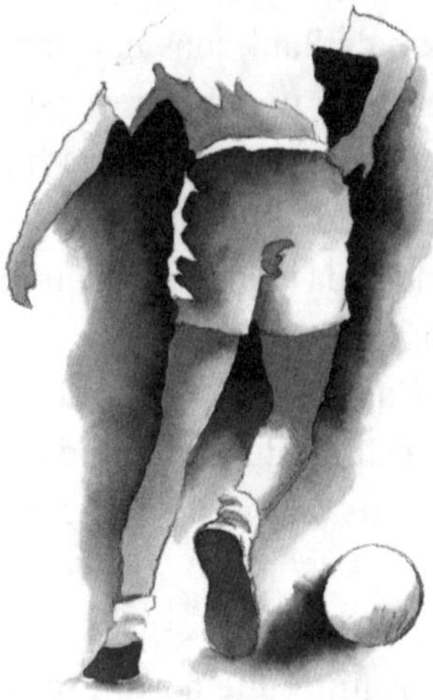

9

No meio do terceiro ano, apareceu um novo aluno na escola. Muito gordo, gordíssimo, chegou a causar espanto. Todo mundo saía da frente para ele passar. As lancheiras eram escondidas. Do lado dele ninguém sentava, o que não parecia incomodá-lo. Seu apelido – inevitável – ficou sendo Bola.

No recreio, comentavam:

– Contou os sanduíches que ele come?

– Engole sem mastigar.

– Imagina quando está no banheiro.

Bola vinha chegando, entrando, ocupando espaços sem cerimônia. Esbarrava na gente e não pedia desculpas. Corria nos pedregulhos do pátio levantando poeira e ia ficando vermelho, suado, mais vermelho ainda, para espanto de todos:

– Vai estourar, não é possível.

– Ou é ataque de coração.

Mas Bola não estourava, nem tinha ataque. Corria ainda mais, não parava de se movimentar, e logo começou a jogar futebol no disputadíssimo horário do recreio. Também, com aquele tamanho, quem iria questionar sua presença? Onde quer que estivesse, o melhor era sair de perto.

Foi no futebol que surgiu a primeira rusga. Uma bola dividida entre Bola e João – quem mais podia ser? – fez o segundo cair no chão e ralar o braço.

– Você me paga, baleia – ameaçou João.

– Baleia é a mãe! – respondeu Bola.

– É a sua. Mas depois da aula nós acertamos. Me espera na esquina, se for homem.

Alvoroço geral. Quem ganharia a briga? Alguns apostavam em Bola, ainda incógnito. João ganhava todas as lutas, mas muitos achavam que seria impossível suportar aquela carga:

– Deve pesar 100 quilos. Viu as banhas?

– Proteção natural. Mesmo levando um soco, não sente. Amortece.

– Eu aposto no Bola.

Muitos seguiram esse raciocínio e Bola liderava as apostas.

Meio-dia, fim de aula, todos se aglomeraram na esquina do colégio. Um bando de pelo menos trinta. João chegou pedindo licença e todos abriram caminho. Tirou o relógio, o pulôver, e começou a se aquecer, dando pulinhos de um lado para o outro. João forte, Bola gordo. Quem podia mais? Ninguém aguentava esperar.

Até que Bola chegou com os cadernos na mão, o uniforme bem arrumado. Estendeu a mão, conciliador:

– Vamos fazer as pazes, João – disse com dignidade.

A turma toda vaiou, gritou, fez a maior arruaça. Bola tentava, mas não conseguia acalmar o pessoal.

– Acontece que eu não posso brigar – ele dizia, abrindo as mãos. – Meu pai não deixa.

Todas as explicações seriam inúteis. João estava por cima. Os braços cruzados, limitava-se a dar risadinha e olhar com desprezo. Não falava nada e não precisava, pois os outros falavam por ele:

– Arregou!

– Covarde.

– Maricas.

– Mas meu pai não deixa! – dizia ele, tentando convencer pelo argumento. Mas não adiantava. Ninguém ali o perdoava. João, calmamente, deu o veredicto:

– Nunca mais vai jogar futebol na hora do recreio.

E foram embora, todos eles, atrás de João. Bola ficou parado, cabisbaixo, e me encarou:

– O que é que está olhando? – disse, logo para mim, que não o havia xingado nem uma vez.

Eu não disse nada, dei-lhe as costas e fui embora: bem feito para ele.

Agora Bola não jogava mais na hora do recreio. E o que ele fazia? Tentava entrar em outras brincadeiras, puxava conversa, ficou simpático. Mas não adiantava, ninguém queria brincar com ele, mal davam atenção.

Bola não teve alternativa além de ficar conversando com as meninas. Passava todo o tempo com elas, o recreio, dividia parte do seu lanche, mas o resultado foi pior:

– Gordo bicha.

– Veste saia, duma vez!

– Ai, ai, coisa fofa.

Agora Bola não conversava mais com as meninas. Ficava todo o recreio em cima do trepa-trepa, sentado na parte mais alta. Bem feito! eu pensava, ainda ressentido com seu jeito balofo e estabanado.

Quanto a mim e Raul, continuávamos passando boa parte do tempo no esconderijo. Um dia, estávamos ali quietos, esquentando fogo, quando vimos uma figura no meio do corredor escuro:

– Quem é?

– A professora?

Por um momento o nosso segredo ficou a ponto de desmoronar.

– Cuidado, está chegando.

Não havia como escapar, só existia aquela saída. Mas o rosto que subiu as escadas e despontou foi o de Bola:

– Que legalzinho – disse ele, olhando nossas instalações, o fogão, o banco, os tijolos.

Nem eu nem Raul dissemos nada, surpresos, até que:

– O que você está fazendo aqui? – disse Raul, com autoridade. – Este lugar é nosso!

– Pô, Mosquito, deixa eu ficar, vai – Bola tentava ser simpático, com sua cara embolachada.

– Não!

– O que custa, Mosquito?

– Não. Este lugar já é nosso, você nem cabe aqui. Fora!

Raul foi tão firme que Bola não teve o que dizer. Desceu as escadas quieto e emburrado, foi embora.

– E se ele contar para alguém? – perguntei.

– Contar para quem? Ele não conversa com ninguém.

Fiquei mais sossegado, o nosso segredo estava mantido. Mas naquele mesmo instante, no corredor escuro, apareceu um vulto misterioso.

– Ele voltou?

– Só pode ser. Olha, está parado. Alguma está tramando.

– Pode deixar! – falei. – Eu resolvo.

Desci a escadinha com o firme propósito de expulsá-lo de vez. Afinal, podia ser tão duro quanto Raul. Mas qual foi minha surpresa quando vi Bola parado no corredor, de costas, com o rosto vermelho coberto de lágrimas. Não tive coragem de falar nada. "No fundo", pensei, "o Bola é bom".

Voltei para o esconderijo, tentando convencer Raul a deixá-lo vir.

– Ele só quer porque não tem amigos – disse Raul.

– Vamos dar uma chance.

Raul cedeu, mas avisou para Bola:

– Contanto que não banque o bebê chorão!

Bola entrou, sentou num tijolo, e a partir desse dia o esconderijo ficou mais apertado. Mas nos adaptamos. Considerávamos que estávamos formando um trio, e eu e Raul pensamos em tirar proveito da situação: no caso de uma briga, Bola nos serviria de escudo:

– É só jogar seu peso em cima.

Mas ele não gostava nem de ouvir falar dessa história de briga. De qualquer forma, dividíamos o lanche, que consistia em pão, queijo, e nas novidades que Bola trazia. As latas de salsichas, por exemplo, que esquentávamos no fogo e eram irmanamente repartidas por Bola: uma para mim, uma para Raul, sete para ele mesmo. E eu ainda pensava: "O Bola é bom".

10

Formávamos um estranho trio. Um dia, uma menina chegou a comentar:

– Parecem o Dumbo e os dois ratinhos.

Sem dúvida, Bola pesava mais do que eu e Raul juntos. Mas isso não nos preocupava.

E o que fazíamos? Reuniões diárias, que Raul presidia. Discutíamos até chegar a uma decisão, que era alcançada por maioria de votos.

O que decidíamos? Em que gastar os nossos cruzeiros, se em chicletes, chocolates, ou coca-colas. As discussões duravam horas:

– Chocolate é melhor, mas chiclete dura mais. E é mais barato.

– Mas chocolate alimenta – dizia Bola.

Saíamos pela rua comparando preços. Ficávamos em volta da escola depois da aula, até a hora de ir para casa.

As férias estavam chegando. Agora, a perspectiva de não ter aula parecia horrível. Eu teria de ficar em casa, ou brincar com os meninos da rua.

– Talvez não – disse Raul. – Vocês percebem o que significa isso? – apontou o esconderijo.

– Como assim?

– Quer dizer que nós temos um clube. Um clube é isso, vocês não sabiam?

Eu não achava que aquele canto parecia um clube, mas ouvi as ideias de Raul: uma associação de pessoas, um lugar. Quer dizer, o clube já existia, só precisávamos de um local permanente. Marcamos de nos encontrar de tarde, numa praça, e convenci minha mãe a me levar. Raul, para minha surpresa, já tinha ideias na cabeça: deveríamos achar um lugar que não fosse muito longe da casa de ninguém, e estabelecer aí a sede.

– E se minha mãe não quiser me levar? – perguntei.

– Para que serve ônibus?

Fiquei sem resposta, com vergonha de dizer a verdade: nunca tinha andado de ônibus sozinho. Mas segui Raul e Bola à procura do lugar. Aliás, já estava desobedecendo minha mãe, ao sair da praça.

Andamos por ruas desconhecidas. Bola nos levou perto de onde morava: seu tio tinha uma loja, e ao lado desta um terreno. No terreno havia um galpão, cheio de madeiras velhas.

– A gente guarda as madeiras – disse Bola ao tio. – Põe um plástico em cima.

Parecia até milagre! Depois de conversar, o tio de Bola concordou em ceder o galpão: era um terreno baldio que não servia para nada, e corria o risco de ser ocupado pelos maloqueiros.

A ideia era ótima, mas como contar para minha mãe? Eu já imaginava ela perguntando que espécie de clube era esse. E o que eu responderia, se nem eu mesmo sabia?

Dito e feito. No dia seguinte, minha mãe fez questão de me levar de novo, de carro. Queria porque queria conhecer meus amigos.

– É aqui?

Ela estacionou na frente do terreno, saiu do carro para espiar. Eu estava sem graça, mais sem graça seria impossível. E por quê? Não sabia!

De repente, entendi. Bola e Raul saíram do galpão, e ficaram parados. A figura dos dois, um imenso, gordo, outro pequeno e magro, tinha um quê de ridículo em si mesma. Os dois nada disseram, mas minha mãe os cumprimentou.

– De tarde eu volto para te pegar.

Entramos no clube silenciosos. Esse silêncio durou muito tempo, até ser quebrado por ideias de como melhorar o local. Que coisa estranha!, pensei. Como os pais da gente atrapalham!

– Vamos pintar de cal.

Uma lata de cal, uma brocha, ficamos a tarde pintando e sonhando com uma vida independente. Eu estava fascinado, mas esse prazer era corroído pela lembrança de que, logo, minha mãe viria me buscar.

Logo a buzina soou, me chamando.

– Você vem amanhã? – perguntou Raul. – Na mesma hora?

– Venho... – respondi, ainda indeciso. – Venho.

Bola e Raul foram até a porta para se despedir. A ideia de repetir toda a experiência, contudo, não me animava.

Na hora do jantar, minha mãe contou tudo para o meu pai. Eu nem aguentava ouvir sua narrativa de como eu tinha ido brincar num lugar tão longe de casa, imagine só, um terreno baldio, um galpão velho.

– Amanhã eu vou de novo – falei.

– Eu te levo.

– Não – cortei, decidido. – Eu vou de ônibus.

– E desde quando menino da sua idade anda de ônibus?

O tom era suave, mas eu finquei pé: só iria se fosse de ônibus. Ela achou que era brincadeira, eu continuei insistindo.

A questão não seria resolvida facilmente. Meu pai intercedeu, dizendo que eu devia ir de ônibus.

– Com sete anos eu circulava por aí – dizia o pai.

– Os tempos eram outros. E os sequestros? E o terrorismo?

– Não exagera.

Dessa vez, a vontade do pai se impôs. Eu iria de ônibus, ele disse, ponto final. Minha mãe não se conformou, exigindo que a Maria fosse comigo até o ponto. O ponto final?, eu perguntei. Não, só até o ponto da esquina. Concordei. Desde que ninguém visse, ela poderia ir.

Mas toda essa conversa escondia um medo terrível. Aos nove anos, nunca tinha andado de ônibus – o que poderia acontecer? Maria me explicou que bastava puxar uma cordinha e descer.

Só que na hora, só na hora, percebi que era impossível alcançar a cordinha – o pior tinha acontecido.

O ônibus me levou para longe. Por um momento, perdi minha família, minha casa, fui raptado por bandidos.

Bem inútil tinha sido minha coragem! Eu mesmo tinha insistido, e agora estava perdido. A verdade é que Raul tinha um ano a mais que eu, e Bola morava lá perto. Esse o resultado de bancar o valente!

Algumas lágrimas, perguntaram por que estava chorando, e decidiram parar o ônibus ali mesmo, no meio da rua. Consegui chegar ao clube são e salvo. Por pouco!, pensei, esquecendo rapidamente o episódio.

– O clube está fundado.

Raul ficou sendo o presidente, eu o braço direito, Bola o conselheiro. Brindamos com coca-cola. Mesmo com a proibição de fazer um fogão lá dentro, Bola levou um fogareiro a álcool: suficiente para estourar pipocas. E qual seria o nome do clube? A sugestão de Clube do Bola, dada por Bola, foi descartada. Pensamos e pensamos, ninguém concordou com nada, ficou um clube sem nome. Ou Clube, simplesmente.

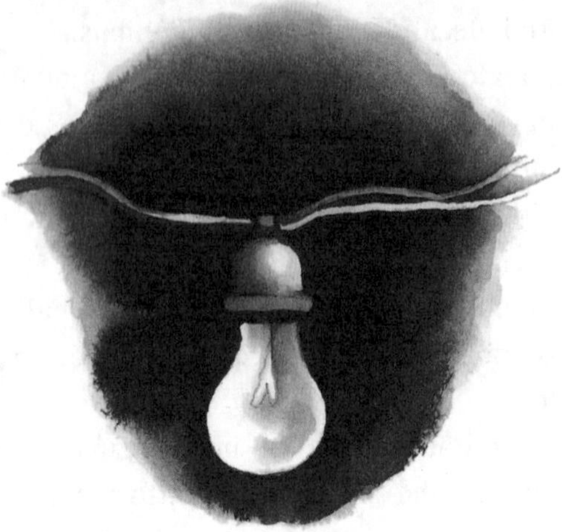

11

Passamos as férias nos divertindo. Ou melhor, trabalhando: limpamos o lugar, tiramos teias de aranha, passamos rodiasol que minha mãe deu para espantar escorpião.

Tudo tinha utilidade se pudesse ser levado para o clube. No afã de enriquecer nossa propriedade, chegávamos a furtar coisas: um capacho, um caixote, uma lâmpada que pendurei com barbante.

– Não acende.

– E daí? É sempre dia quando estamos aqui.

Foi tanto o movimento que começamos a chamar a atenção. Na rua, passavam moleques rodando pneus; às vezes paravam para olhar o clube.

– Nunca viu? – perguntou Raul, um dia.

Eles saíram e continuaram rodando pneus.

– Temos de tomar cuidado – disse Raul.

– Por quê?

– Eles têm inveja. Podem roubar nossas coisas.

Nossos trastes adquiriram valor de um tesouro. Pusemos uma corrente e um cadeado na porta.

A curiosidade aumentava. Tinha gente que vinha conversar só para ver o que havia lá. Hélio, que trabalhava com o tio de Bola, vinha espiar. Gostou, e logo ficou íntimo:

– Dá até para trazer mulher aqui dentro.

Negro, um tanto mais velho que nós, entrava sem fazer alarde, e trazia informações sobre a rua, sobre os moleques que rodavam pneus:

– Aquela molecada é viciada.

Eu não entendia muito do que ele dizia e não abria a boca. Mas o mundo que Hélio apresentava tinha a sua lógica:

– Se o cara não trabalha, cai no vício. Você já viu eles trabalhando?

As fisionomias que passavam, de fato, tinham aspecto perigoso. Os pneus sendo rodados também eram estranhos. Seriam bandidos mirins?

– A vantagem do cara ser assim é ter mulher – dizia Hélio. –Mas acho que eles não têm, não. É tudo pivete!

E então, o assunto ia para as mulheres. Aquela rua tinha muitas lojas, e movimento de saias. Hélio já estava íntimo de toda a fauna:

– Ela passou e deu uma piscada para mim. Opa!, eu falei.

Raul, Bola e eu ouvíamos bastante o Hélio. Ele sempre conseguia cativar nossa atenção, conversando assuntos que para ele eram muito naturais.

– Oi, ternurinha – ele dizia para uma menina que passava. A menina nada respondia, e ele completava: – Aposto que está gamada.

Andando na rua, às vezes cruzávamos com meninas que passeavam em trio. Na verdade elas estavam sempre passeando, mesmo que fosse para ir de uma esquina a outra, e de lá fazer o caminho de volta.

– Chuchu belezinha! – Hélio assobiava. A resposta era um riso que elas soltavam, sem olhar para trás.

Aos poucos ficávamos mais ousados:

– Olha só os peitinhos – eu dizia, quando via dois barquinhos ondulando para cima e para baixo, no andar oscilante da menina.

– Aposto que é virgem – dizia Hélio.

– É mesmo – dizia Bola.

Raul era o único que ficava quieto, não arriscava nada. Às vezes ria de Bola, de Hélio, de mim:

– Até parece que vocês entendem de mulher.

– E não?– disse Hélio. – Já andei com o Dudu até a zona.

Hélio mostrava na prática sua habilidade. Conversava com as meninas, ficava amigo:

– Até na mão eu já peguei.

– E daí? Só para dar um filipe*.

Hélio tinha passado um filipe para a menina, e ela fora obrigada a dar um presente em troca.

– Só isso? – Hélio reclamou, ao receber um pente.

– O que eu posso fazer se sou pobre?

---

*Filipe: dois grãos de café fundidos. No interior de São Paulo, as crianças costumavam "passar o filipe", isto é, dar a alguém esses grãos geminados (e relativamente raros), a fim de receber, em troca, um pequeno presente.

As meninas passavam e sorriam para nós. Começamos a ficar íntimos, elas sabiam nossos nomes:

– Oi, Carlo, tudo bem?

– Tudo bem, Soninha. E você?

Esse era um truque inventado por Hélio: passar os nomes para o diminutivo. Sônia virava Soninha, Lurdes, Lurdinha, Ângela, Angelinha.

– Ela ficou até sem graça quando eu falei – eu me vangloriava.

Excitadíssimo, eu me deslumbrava com as possibilidades. E o que aconteceria? Eu já me imaginava pegando na mão. E depois?

– Depois você vai passando a mão, passando, passando...

Mal conseguia esperar! Mas nem tudo eram flores nesse universo. Bola quis se engraçar com uma menina, e ela não deu bola. A amiga ainda saiu rindo:

– Imagina aquele peso em cima.

– Ia virar uma panqueca!

Bola insistiu, chamando outra menina de "meu chantilizinho". Mais uma resposta atravessada:

– Sai de mim, Balão!

Bola perdeu totalmente a vontade de seduzir as mulheres. De fato, nem tudo eram flores. O próprio Hélio foi o primeiro a admitir:

– Mulher é bom, mas tem o perigo da gonorreia.

Segundo ele, Isaías, que trabalhava na loja e puxava de uma perna, tinha tido a tal gonorreia – o resultado era visível.

– Não é gonorreia – protestou Raul, convicto. – É de nascença.

– É a gonorreia – repetia Hélio.

Nessa disputa, eu não tinha ideia do que dizer e fiquei quieto – nunca soube o real problema de Isaías. Outros acontecimentos vieram mostrar que não era tão fácil se movimentar aí. Um dia, no colégio, um menino disse:

– Olha lá o Carlinho com seus cachinhos.

Eu estava mesmo com o cabelo grande e não respondi. Raul alertou:

– Se eu fosse você reagia – disse ele.

– Mas...

– Ele está insinuando que você não é homem.

Muitas coisas me escapavam. Algumas vezes a intenção estava clara, outras vezes as palavras me traíam.

Para uma menina bonitinha que passava na rua eu disse:

– Ai, se eu pudesse ser o seu sabonete...

Aconteceu que uma mulher velha a acompanhava e reagiu:

– Que é isso, safado? Vai mofar com tua mãe! Não vê que a menina é pequena? Onde está tua mãe que te deixa na rua, fazendo bobagem?

A reação me deixou bobo! Qual o mal de ser um sabonete?! Por que tanta raiva? O que minha mãe tinha a ver com isso?

Eu não entendia, ninguém explicava, eu não sabia como perguntar. Hélio falava bastante, mas o problema é que falava demais. Quem me explicou tudo, finalmente, foi Raul:

– Você não sabe como faz filho? O homem tem de encostar o dele no da mulher, ali nos pelos. Só assim dá certo.

– Você está falando sério? – perguntei, desconfiando de Raul, pela primeira vez na vida.

– É claro! Há muito tempo eu sabia disso.

Eu ainda não acreditava, mas de repente algumas coisas começaram a fazer sentido. Algumas palavras, portas fechadas...

– Mas então...

– Seu pai fez com a sua mãe, claro. Senão você não nascia.

Era inacreditável e, muito pior, inaceitável!

– Arg, que coisa nojenta! – falei.

Ficamos em silêncio, e eu sentia muita dificuldade de admitir aquilo. O pior não eram os outros, mas meus pais. Como é que pessoas adultas faziam aquilo? E eles ainda queriam botar moral!

– Se você quer saber – disse Raul – eu também acho.

– Mas...

– O problema é não ter filho. Se você não faz, não tem filho.

– Eu não vou fazer isso de jeito nenhum! – afirmei.

– Mas vamos supor que você queira casar – disse Raul. – E daí?

– Eu não vou casar – respondi. – Nunca.

E eu nem gostava de filhos – ainda bem! Pelo menos disso estava livre. E ainda pensava, com revolta: "Arg!".

12

Desisti do namoro, de qualquer vida sentimental. Mas o clube trazia prazeres insuperáveis. Falávamos dos nossos futuros acampamentos, e às vezes eu levava Pedro só pelo prazer de ter alguém que nos oferecia uma admiração irrestrita:

– Um dia – Pedro dizia – eu também vou ter um clube.

Na escola, começamos a ensaiar o *hino nacional*. Ficávamos todos em formação militar. No dia 7 de setembro teve um desfile, e os menores marcharam com chapéus feitos de jornal, erguendo espadas pintadas de verde e amarelo.

– Viva o Brasil – gritavam todos, aplaudindo ao fim do hino. – Viva o presidente Garrafa Azul!

A maior novidade, porém, era outra: a coordenação decidiu que teríamos um centro cívico, cuja diretoria seria eleita pelos próprios alunos. As chapas podiam se formar, as inscrições estavam abertas.

Raul ficou animado, e quis formar uma chapa: afinal, nós tínhamos um clube, votávamos as ideias, sabíamos como a coisa funcionava.

– Podemos mudar muita coisa na escola.

O quê, por exemplo? Os jogos de futebol no horário do recreio, disse ele. O ideal era fazer um campeonato. Vários times se revezariam, todos teriam oportunidade de jogar.

– Já estou vendo – disse Bola. – Não vai dar certo, não.

– Por quê? – Raul estranhou.

– Você não conhece essa turma?

O entusiasmo de Raul não foi suficiente para convencer Bola. O jeito foi formar uma chapa com dois meninos de outra classe. O que fazíamos? Campanha eleitoral. Ao término das aulas ficávamos no portão do colégio, dando folhetos mimeografados: VOTE NA CHAPA JARC, JÁ. VOCÊ NÃO VAI SE ARREPENDER!

E o que propúnhamos? Inicialmente nada. O folheto consistia nessas frases, além de uma explicação sobre o *JARC*: as iniciais de nossos nomes.

– Vocês estão perdendo tempo – disse Bola. – E o clube?

Mais uma diferença: sem participar, Bola não tinha o que fazer. Ir ao clube sozinho não tinha graça; ele ficava nos esperando:

– A que horas vai terminar?

Mal sabia ele como nossas reuniões eram longas.

Júnior foi um dos que entrou na nossa chapa. De óculos, estava sempre conversando com professores, fazia trabalhos que ganhavam elogios. Suas ideias eram surpreendentes: propôs uma feira de ciências, um torneio de xadrez, uma competição que avaliasse o Q. I. dos alunos.

– Para que isso? – disse Raul. – Para você mesmo ganhar?

– Claro que não! Eu ficaria no máximo em segundo, pois ninguém ganha do Schmidt. Quer dizer, até agora ninguém ganhou.

André, o outro membro, aceitava qualquer ideia, desde que a escola organizasse uma viagem à Disneylândia – já que seu irmão tinha ido e ele não. Quanto a mim, eu ficaria feliz se as aulas começassem meia hora mais tarde: era sempre difícil acordar de manhã.

Na falta de um consenso, escrevíamos todas as propostas, de forma que ninguém ficasse descontente. Raul era o mais enfático de todos. Organizava as atividades, estimulava o corpo a corpo com o eleitor:

– Com a gente vai ser mais fácil aguentar esta escola!

E olha que tivemos respostas positivas! Alguns até nos pediam para incluir no programa ideias inusitadas: mandar embora a professora de matemática, permitir que saíssemos da escola na hora do recreio.

– Eu concordo – disse Raul. – Essa ideia vai ser incluída.

E a campanha continuava.

Até que, um dia, marcamos com Bola de nos encontrar no clube. Eu e Raul fomos de ônibus. Bola nos esperava na frente:

– Esqueci a chave – disse ele.

Ao entrar no clube, a surpresa: a porta estava aberta. E dentro, não havia mais nada, ou quase nada. As redes tinham sumido, o tapete, o fogareiro, a coleção de revistas, a faca, todos os utensílios para acampamento: o vazio, apenas.

– Onde estão nossas coisas?

Era difícil acreditar. Ficamos olhando as paredes vazias, de onde até pôsteres tinham sido arrancados; só restavam caixotes. Revolta, espanto, ficamos a ponto de chorar.

– É o fim – disse Raul. – Acabaram com tudo.

– Eu não falei? – disse Bola. – Vocês estavam se esquecendo do clube! Por isso alguém entrou e levou nossas coisas.

– E a sua chave? – disse Raul, sério. – Onde está?

Bola achava que a tinha esquecido em casa. Mas não estava certo.

– Está vendo? – disse Raul. – Você deve ter perdido.

– Mas eu sempre deixei aqui...

Bola não achou sua chave em lugar nenhum: nem em cima, nem em baixo dos caixotes, onde costumava ficar.

– A porta não foi arrombada – disse Raul. – Não há marcas, sinais, e o cadeado sumiu.

– Então Bola perdeu a chave na rua – concluí – e alguém achou.

– É provável – disse Raul. – Mas nós estamos perdendo tempo. O que vamos fazer agora? Ficar de braços cruzados?

Não sabíamos que atitude tomar. Ficamos quebrando a cabeça. E quem teria roubado as nossas coisas?

– Devem ter sido os moleques que passam rodando pneus – disse Raul. – Eu não dizia que eles tinham inveja?

Sim, por isso tínhamos colocado um cadeado na porta.

– Se não tivessem achado a chave... – lamentei.

Raul insistiu que era preciso tomar uma atitude em vez de lamentar. Marchamos até a esquina, à procura dos tais meninos.

– Está vendo? – exclamou Raul. – Eles estão sempre aqui. Por que sumiram, de repente?

A explicação só podia ser uma. E como eles tinham tido coragem?

– Eu queria matar um por um – falei, cheio de ódio.

Seguimos para conversar com Hélio na loja. Provavelmente ele sabia onde moravam.

– Sei, sim. É na vila.

A vila era um bairro de casas velhas, com o reboco caindo. E o que fazer? Ir até lá, enfrentá-los?

– Não – disse Raul. – No campo inimigo, a vantagem é deles. Temos de nos enfrentar com eles aqui mesmo.

Uma guerra terrível se aproximava. Era inacreditável – mas podíamos ficar quietos, simplesmente? Não, mil vezes não. A aproximação dessa guerra nos enchia de medo, mas também de arroubos de coragem:

– Quero fazer picadinho deles! – falei.

– Se o Bola jogasse o peso dele em cima...

– Meu peso? Você não sabia que eu emagreci?

Tínhamos um objetivo real e imediato: acabar com os moleques da esquina. Seria minha primeira briga de verdade. A excitação tomava conta de mim.

Em casa, comentei que o clube havia sido roubado.

– Que pena – disse minha mãe. – O que vocês vão fazer?

Por pouco não disse a verdade. Mas, se dissesse, ela não me deixaria sair de casa por várias semanas.

– Por enquanto nada – disfarcei.

Em meio aos planos de vingança, Bola quis arregar:

– O que vai adiantar brigar com eles? Vão devolver nossas coisas, por acaso?

Eu estava a ponto de xingá-lo, mas Raul ponderou:

– Concordo: brigar por brigar vai ser inútil. O importante é provar que eles roubaram.

E como provar isso? Eles nunca confessariam. Só teríamos a prova se eles fossem idiotas a ponto de andar com nossas coisas para cima e para baixo.

– Não vão fazer isso. Temos de provocá-los, até que eles acabem entregando a verdade. E se alguém ouvir vai servir de testemunha.

O plano parecia perfeito. Eles acabariam confessando sem querer, mesmo porque todo segredo é difícil de guardar. Hélio serviria de testemunha – se não devolvessem nossas coisas chamaríamos a polícia.

Simples, não?

Simples até demais, eu diria. Bem, o importante era arrancar a confissão, já que os três eram maiores que nós.

– Mesmo assim, devemos estar preparados para tudo – disse Raul. – Uma guerra é sempre uma guerra.

Bola, porém, admitia enfrentá-los, desde que não tivesse de brigar.

Pelo sim, pelo não, levamos pedras no bolso, um estilingue, um canivete: eu não teria medo de esfaqueá-los, jurei: a emoção da primeira briga tomava conta de mim.

Eles estavam na esquina, rodando pneus. Ao nos verem fingiram não notar; um deles me olhou com uma cara bem lambida.

– Agora tenho certeza – falei. – Olha a cara dele!

– Calma – disse Raul. – Eles têm de confessar primeiro.

Hélio vinha atrás de nós, mas também não queria saber de briga. Que atitude tomar? Só agora eu via que o plano não previa todos os detalhes. Ficamos quietos, até que um deles, o mais alto e magricela, falou:

– O que foi? Que estão olhando?

– Estamos procurando quem roubou nosso clube – falei, sem medo. – Será que foram vocês?

– Ah, desgraçado, está me chamando de ladrão?

– Eu, chamando? Você é que...

Não houve tempo para nada, a briga já tinha começado. O mais alto deu um tapa na cara de Raul, ele reagiu com um soco. Dois vieram me empurrar, e antes que a reação fosse possível eu já estava no chão. Jogaram um pedaço de barro nas costas de Bola, jogaram pedras em mim e em Raul. Eu quis pegar minhas pedras, mas uma coisa me acertou no rosto: o sangue escorreu e em segundos já estávamos os três correndo, até chegar ao clube.

As paredes do clube, escurecidas, pareciam maiores: o ruído da nossa respiração ecoava no vazio. Então a briga já tinha acabado!

– Vamos embora – disse Bola. – Eu que nem queria brigar estou todo sujo e arranhado.

Em casa, minha mãe se escandalizou:

– Você leva uma pedrada e nem lava o rosto?

Não falei da briga, mas ela adivinhou:

– Você não vai voltar mais para esse clube.

– Mas mãe...

– Nunca mais, eu disse.

Um curativo no rosto, o clube havia chegado a seu fim. A briga mostrava que não podíamos recuperar nossas coisas – nem teríamos ânimo para ficar ali, no grande espaço vazio.

Pelo menos, pensei, nos veríamos sempre na escola. Mas não foi a mesma coisa. Só encontrava Raul em função da campanha: Júnior e André queriam ganhar as eleições de todo jeito.

A coordenadora pedagógica resolveu fazer uma reunião com todas as chapas inscritas. Segundo ela, havia um número muito grande de alunos concorrendo, o que poderia dispersar os objetivos da eleição. Por que não fundíamos as chapas em duas, no máximo? Assim seria mais fácil ganhar votos, e os vencedores teriam mais representatividade.

Essa proposta causou discussão. Muitos não queriam abrir mão de suas chapas, de suas ideias.

– Independente do número de chapas – disse Raul –, o que essa eleição vai adiantar? Vão aceitar as nossas propostas, se formos eleitos?

– De que proposta você está falando?

– O uniforme, por exemplo. Na nossa plataforma, uniforme não seria obrigatório.

A coordenadora ficou quieta:

– Bem... – começou. – Essa é uma regra da escola... Será que os seus pais vão querer abolir o uniforme? E estragar roupas boas?

– E o que nós podemos ou não podemos mudar? – insistiu Raul.

– Vocês podem fazer um jornal, por exemplo. Um jornal criativo, engraçado. Aquela ideia do campeonato de xadrez, por sinal, é muito boa.

– E abrir o portão durante o recreio? Para quem quiser sair e comprar na padaria, ao invés de gastar na cantina, que é muito mais cara?

– Abrir o portão? – ela se assustou. – Mas e os alunos menores? E se alguém sumir, o que a escola vai dizer?

– E se alguém sumir na hora da saída? – perguntou Raul. – Nessa hora, todo mundo sai da escola e ninguém toma conta.

A discussão não avançou. A coordenadora disse que estávamos fugindo do objetivo: as chapas concorriam para promover atividades, não para "mudar" a escola. Reiterou que a "união faz a força": se uma chapa de poucos alunos ganhasse, ela não teria força para integrar todos os alunos.

Alguns aceitaram essa ideia, e formou-se uma chapa com mais de vinte nomes. Os outros concorreram isolados. Logo saiu o resultado da eleição: a grande coalizão venceu, naturalmente, e Júnior ainda botou a culpa pela derrota em nós:

– Por mim eu teria entrado.

Raul ficou decepcionado, mas logo se lembrou de outra coisa:

– Nós abandonamos o clube. Daqui a pouco aqueles moleques vão entrar lá e tomar conta.

Por mais que o clube estivesse vazio, essa ideia me doía. Será que o tio de Bola deixaria, se eles entrassem lá?

Raul marcou uma reunião. Bola, que andava afastado, ficou em dúvida. Raul insistiu:

– Vamos pelo menos fazer um piquenique.

Sentados no chão de tábuas, no meio do clube vazio, entre batatas *chips* e pedaços de bolo, Raul começou:

– Você tinha razão desde o início, Bola. Foi a maior besteira ter entrado naquela eleição fajuta. Esquecemos do clube e fomos roubados, essa é a verdade.

Bola ficou em silêncio, olhando para baixo. Essa era sua atitude, quando não sabia o que dizer.

– Mas nem tudo está perdido – Raul disse e se levantou, passando a examinar as paredes do clube.

– O que você está fazendo? – perguntei.

– Tirando uma dúvida. Olha! Olha aqui!

Raul havia achado uma tábua que estava um pouco solta.

– Eu estava estranhando a ideia da chave de Bola ter sido achada no meio da rua – disse Raul. – Seria coincidência demais, não seria?

– Você quer dizer...

– Olha aqui! Se alguém empurrar a tábua, outro pode entrar pelo vão.

Era verdade. Não alguém como Bola, claro, mas um magrinho podia entrar ali. A tábua não estava pregada na parte de baixo.

– A chave de Bola estava dentro do clube, como sempre – continuou Raul. – Eles entraram pelo buraco, e só depois abriram o cadeado com a chave. Nós não tivemos inteligência para perceber isso.

Raul parecia estar certo. Se a chave tivesse caído na rua, como eles poderiam ter adivinhado que era nossa?

– Mas o que isso vai mudar? – falei. – Agora que eles já roubaram nossas coisas?

– Isso muda tudo, muda a psicologia da situação: tenho um plano para recuperar nossas coisas.

– Plano? – reagiu Bola. – Você quer brigar com eles de novo?

– Não – disse Raul. – Nesse plano não haverá praticamente nenhum risco.

Bola desconfiou desse "praticamente nenhum risco". E como não haveria risco?

– Confiem em mim. Eu vou contar o plano por partes.

A primeira providência foi arranjar dois novos cadeados: um para a porta, outro para a janela. Bola quis consertar a tábua solta, mas Raul disse que isso não seria necessário, de maneira alguma.

Raul tinha ideias realmente incríveis...

Começamos a levar novas coisas ao clube. Carregávamos copos, pedaços de carpete, mas também muitas caixas de papelão vazias.

– O importante – disse Raul – é fazer volume.

Fizemos muito volume em três dias. Havia muita porcaria ali, mas segundo Raul isso era necessário.

– Por quê? – perguntou Bola.

– Com certeza eles estão percebendo nossa movimentação – disse Raul. – E devem estar com a pulga atrás da orelha.

– Eles não estão por aqui – disse Bola. – Não viram nada.

– Você é que pensa. Eles sabem de tudo, pode ter certeza.

– E o que vamos fazer? – perguntei.

– Prefiro não dizer já. Lembre-se: alguém pode estar escutando.

Olhei para Bola e olhamos em volta: seria possível que alguém estivesse ouvindo aquela conversa? Raul estava ficando louco?

Naquela tarde fomos atrás de Hélio:

– Precisamos de autorização para ficar na loja, hoje à noite.

À noite?, pensei, prevendo problemas em casa.

– Você pode ficar com a chave? – pediu Raul.

Ficou resolvido: Hélio avisaria o tio de Bola e nos esperaria com a chave. Quanto ao clube, deixamos tudo trancado, e deixamos também um caibro de madeira encostado na parede.

– Se o plano for feito à noite – falei –, vou escutar quando chegar em casa.

– Eu sei – disse Raul. – Mas é o único jeito.

No fim da tarde, fingimos estar indo embora, mas entramos por uma porta lateral que havia na loja. Fomos aos fundos, espiar por cima do muro.

– E agora?

– Eles vão aparecer, podem esperar.

Ficamos esperando séculos, e eles não apareceram.

– Está vendo? – disse Bola. – São quase oito horas.

– Vamos esperar mais um pouco.

Hélio não entendia o que estava acontecendo, e Raul não explicou. Logo eram quase nove:

– Tudo bem – disse Raul. – Vamos embora, mas não vamos desistir. Amanhã, tudo se repete: ficamos aqui de vigília.

Em casa, a reação foi a que eu previa:

– Carlo! Você quer me deixar louca, esperando?

– E daí? O pai chega a hora que quer, você nem reclama mais. Por que eu não posso?

No dia seguinte tudo se repetiu. Bola voltou a questionar o plano de Raul:

– A troco de quê eles vão voltar? Já roubaram tudo.

– Você nunca leu romances policiais? *O criminoso sempre volta ao local do crime.* Claro que eles vão voltar. Devem estar louquinhos de vontade.

– E o que vamos fazer? – insistiu Bola.

– Se você não entendeu ainda, vai saber hoje à noite.

À tarde, voltamos à loja. Para Hélio, que ficava cada vez mais curioso, Raul assegurou:

– Você vai ter uma função muito importante no nosso plano.

À noite, de novo espiando atrás do muro, qual foi minha excitação quando vi os moleques chegando devagar ao clube, silenciosos, puxando a tábua e entrando lá dentro! Inacreditável!

– Agora! – disse Raul, pulando o muro.

Raul deu um salto, mas alguma coisa não funcionou.

– Que foi? – perguntei, vendo-o parado.

– A dor – disse ele. – Caí de mal jeito.

Em um segundo entendi tudo. Entendi o plano de Raul, entendi que a rapidez era essencial: quando eles vissem que não havia nada de valor, fugiriam imediatamente.

Escorreguei do muro para evitar uma queda brusca. Corri ao clube e usei o caibro como um calço, bloqueando a tábua solta.

Imediatamente eles começaram a bater na tábua, tentando escapar. Bola, Hélio e Raul chegaram.

– Abre, desgraçado – gritou um deles. – Senão eu te mato.

– Mata? Como? – perguntou Raul. – Tem um revólver aí?

– Tenho. E vou atirar.

– Pode atirar. Estamos esperando.

Não se ouviu nada. Eles voltaram a chutar a tábua:

– Nós vamos matar vocês, desgraçados.

– Com revólver, faca ou veneno? – perguntei.

Mais uma vez chutaram a tábua. O caibro era forte.

– Por que vocês não procuram a chave? – disse Raul. – Se vocês acharem, podem abrir o cadeado.

Bola estava excitadíssimo: "E agora?", perguntou. Raul mandou que ele e Hélio telefonassem para seu tio. Os dois correram à loja, e em instantes o tio de Bola chegava ao clube:

– Vocês invadiram propriedade particular, meninos – disse ele em voz alta e firme. – Agora vão ter que devolver o que já roubaram.

Os moleques ficaram quietos lá dentro.

– Ouviram? Devolvam tudo aos verdadeiros donos, senão irão presos.

– Como a gente vai devolver, se não foi a gente que roubou?

– Então vamos chamar a polícia, eles resolvem isso.

Pressionados, eles acabaram concordando em dizer onde estavam nossas coisas. Fomos de carro com o tio de Bola até a *Vila*: ali, numa casa abandonada, estavam as redes, o fogareiro a álcool, a lamparina, as revistas. Eles tinham simplesmente feito um clube igual ao nosso!

Ameaçados pelo tio de Bola, os moleques prometeram nunca mais nos incomodar. Raul teve de enfaixar o pé que havia torcido na hora do pulo. E o clube, depois de um período de trevas, voltou a ser o que era antes.

13

Durante as férias, Bola pouco aparecia no clube, pois sempre ficava de recuperação. Foi aí que conheceu um novo aluno, recém-entrado no colégio. Chamava-se Fino. Um dia, no pátio, Bola o apresentou:

– Prazer – disse Fino, estendendo-me a mão.

– Prazer – respondi, surpreso com aquela história de se cumprimentar como adulto.

Na escola, Fino conseguia melhorar o uniforme, usando calça comprida, cinto, sapato. Fora, ainda acrescentava camisa de abotoar, andava elegante. Bola acabou levando-o ao clube.

– Prazer – disse ele mais uma vez.

Raul, que estava sentado no chão martelando uma banqueta, levantou os olhos e respondeu de supetão: “prazer”.

Fino foi logo se sentando no tapete, seguido por Bola. Que surpresa eu tive quando ele tirou um maço de cigarros do bolso e começou, naturalmente, a fumar! Ofereceu o maço a Bola que, também para minha surpresa, aceitou prontamente. E o ofereceu a mim.

Fiquei sem graça, mas a verdade é que havia muito tempo eu queria saber o que significava fumar. Aceitei, num impulso. Raul respondeu:

– Obrigado, não fumo.

Com toda naturalidade, risquei o fósforo, fiz exatamente o que eles estavam fazendo. A minha curiosidade de saber que gosto tinha aquilo foi logo saciada: gosto de fumaça.

– Você traga? – perguntou-me Fino.

– Claro – respondi, e logo pus-me a fazer a fumaça sair pelo nariz, como ele fazia.

Senti uma tontura, gosto de queimado, lágrimas vieram aos olhos e não pude evitar um acesso de tosse.

– É a bronquite – falei, lembrando-me da doença de Pedro.

Fino tinha sempre alguma novidade. Na escola, conversava com meninas, que estavam admiradas com aqueles trajes:

– É que eu estudei em colégio militar – ele explicava.

E, volta e meia, aparecia no clube.

– É incrível como vocês conseguiram construir um lugar assim – dizia Fino, com admiração.

– Na verdade, não construímos – Raul respondeu. – Isso era um depósito. Só pintamos e enfiamos algumas coisas.

– Mesmo assim. É rústico mas bem feito, parece um albergue.

Olhamo-nos com estranheza, enquanto Fino olhava as paredes. Pelo visto ninguém sabia o que *albergue* queria dizer.

– Melhor dizendo, parece até uma *oca*. Por causa das redes, quero dizer.

Depois desse comentário, o silêncio reinou.

Fino era mais alto do que eu e Raul. Magro, tinha o nariz curvo, e na escola logo começou a ser chamado de Turquinho. Mas Fino não ouvia, ou fingia não ouvir.

Numa sexta-feira, Fino foi convidado a participar de um piquenique no clube, e levou uma caixa de chocolates com licor.

– Cuidado para não ficar bêbado – disse para Bola.

E o efeito, de fato, era embriagante: depois de comer vários chocolates eu podia sentir uma tontura agradável.

– Vocês não sabem da maior: tem uma festa, amanhã. Querem ir?

Festa? Essa palavra quase não fazia parte do nosso vocabulário. E que tipo de festa era essa?

– É de uma amiga minha. Vai estar assim de menina, ó.

– Legal – disse Bola, olhando para mim e Raul. – Quem sabe a gente vai.

Depois de Fino ir embora o assunto veio à baila. Valeria a pena ir a essa festa? O que aconteceria lá?

– Eu não vou – disse Raul. – Não conheço ninguém.

– Pô, Raul, vamos lá – Bola insistiu.

– Pode ir, ué. Você não depende de mim.

– Mas é mais legal ir junto – percebendo que a resposta positiva não vinha, ele se voltou para mim: – Vamos, Carlo?

Eu tinha vontade, mas também receio. Bola conhecia Fino bem mais que eu. E o que faria se ficasse sozinho nesta festa?

– Não vou porque não sei que roupa usar – se adiantou Raul. – Se for para ir como o Fino, estou fora.

Fino tinha outro estilo. Alunos do sexto ano, usávamos bermudas e estávamos distantes de tudo que ele fazia, a começar pelas milhares de meninas que dizia conhecer. A conclusão é que nem Raul nem Bola nem eu fomos à tal festa.

Fino se aproximava de nós de maneira imperceptível. Às vezes, depois da aula, nos convidava para um bar. A proposta, estranha a nossos ouvidos, logo se tornou natural. Sentávamos no balcão, e falávamos da vida:

– Essa vida é desgastante – dizia Fino. – Sair à noite, voltar tarde para casa, ficar com ressaca no dia seguinte...

Segundo ele, nessas festas bebia-se muito. Eram divertidas, mas a diversão tinha um preço alto. Nossos planos, por outro lado, não tinham mudado: acampar no meio do mato, vivendo de subsistência.

– Algo que sempre quis fazer – dizia Fino. – No colégio militar tivemos lições de subsistência e primeiros socorros.

– E nunca colocou em prática? – perguntou Raul.

– Nós colocamos – ele disse. – Fomos ao Pico das Cabras.

Raul estranhou aquilo, pois ao que sabia o Pico das Cabras não era um lugar próprio para acampamento.

– Na verdade, foi só uma excursão... – disse Fino. – Mas eu nunca tive tempo para essas coisas, porque sempre saí de fim de semana...

Fino conseguia entender um pouco de todos os assuntos. Quanto às festas, deu todos os detalhes sobre a música, as luzes, as bebidas alcoólicas que eram oferecidas. Eu acreditei. Essas festas, afinal, estavam se tornando famosas, pois um dia ouvi uma amiga da minha mãe comentando na sala:

– Um horror. Um inferninho, como dizem. E é tudo escuro! As meninas com unhas escurecidas, dançando sob luz negra... Os dentes até brilham! E elas dançam com qualquer um, todos dançam com todos, com aquela música... *black*, se não me engano.

Eu só ficava imaginando.

Fino se tornou menos formal na maneira de vestir. Na escola, jogava-se bola, fazia-se exercício, e ele nem sempre estava preparado:

– Poxa, esqueci meu desodorante.

Outra novidade. Eu nunca tinha usado desodorante, nem Bola, nem Raul.

– Nunca vi ninguém usar desodorante por aqui – disse Raul.

– E vai dizer que não é necessário? Eu suo, você não sua?

Andando pelo colégio, éramos sempre quatro. Um dia Fino foi ao nosso velho esconderijo. Mal cabíamos no pequeno espaço, mas Fino viu uma nova utilidade naquele triângulo:

– Dá para fumar aqui.

Que ele quisesse fumar escondido era uma ideia inusitada. No clube não havia problemas, mas por que ali? Ora, é claro que o prazer vinha da proibição! Então Fino tinha suas desobediências, ele que parecia tão certinho. Gostei de saber disso. Fumávamos, eu fumava também – sem tragar. Raul não fumava.

Um dia, contudo, o bedel nos pegou. Resultado: fomos parar na sala da coordenadora.

– Foi um erro – disse Fino. – Eu sei que foi um erro. Mas no colégio militar todos fumavam, eu estava acostumado.

– Isso não vem ao caso. O caso é que vocês não têm idade para isso. Os quatro. E sabiam que era proibido.

Raul não havia fumado, mas foi o primeiro a reagir:

– Eu não sabia – argumentou. – Nunca ninguém me disse que era proibido. Está escrito em algum lugar?

– Escrito? Mas... nunca foi permitido fumar aqui. Vocês não sabem que três alunos do oitavo ano foram suspensos?

– Eu não sabia – disse Raul. – Não são do nosso ano.

A coordenadora ficou em silêncio. Fino aproveitou a deixa:

– Não vai acontecer mais. Nós prometemos.

– Mesmo assim, vocês vão ficar dois dias suspensos. Isso porque é a primeira vez.

– Dois dias? – Raul se indignou. – Dois dias, por uma coisa que nunca foi esclarecida?

A coordenadora olhou impaciente para Raul:

– Uma laranja podre – disse ela, com severidade – pode estragar todo o cesto. Estou me perguntando qual de vocês é essa laranja podre...

– Nenhum – eu reagi. – A ideia foi de todos.

– Vocês querem dar mau exemplo aos outros?! – disse ela.

– Quem dá mau exemplo é a professora de matemática, que passa a aula toda fumando – disse Raul.

A conclusão é que não fomos suspensos nem por um dia. Fino ficou radiante:

– Gostei de ver – repetia para Raul. – Achei que você estava fazendo besteira, mas deu certo.

– Claro – Raul respondeu, com orgulho. – Querem me fazer de bobo?

Na semana seguinte a coordenadora foi de classe em classe deixar claro quais eram as regras da escola: era *proibido fumar*, o uniforme continuava *obrigatório*, o horário de entrada era às *sete e meia* e por aí afora. A maneira como ela enfatizava certas palavras fez todos se perguntarem o que tinha acontecido. Satisfeitos, nunca revelamos nada.

Com isso, no clube, e só no clube, estabelecemos um ritual que começava com um cigarro. Raul chegou a fumar pouquíssimas vezes. Dizia não sentir prazer.

– Por falar em prazer – disse Fino, com malícia. – Tenho uma coisa que vocês vão gostar.

Ficamos curiosos, mas Fino não contava:

– É melhor que cigarro, podem saber.

Raul achou que essa era apenas uma das invencionices de Fino.

Quando, enfim, Fino levou ao clube uma revista de mulher pelada, ficamos sinceramente impressionados: elas mostravam tudo! Até Raul admitiu que a revista era das boas:

— Já vi uma que só mostrava os peitos.

— Tenho outras em casa — disse Fino. — Americanas.

A novidade rendeu horas de comentários e conversas excitadíssimas. Bola punha a língua de fora, ávido:

— Preciso levar para casa.

E pegou a revista emprestada de Fino. No dia seguinte fez questão de mostrá-la na escola:

— Cuidado, a revista não é minha — Bola abria só algumas páginas, no meio de uma roda. — Cuidado! A professora! — gritava, e não se dispunha a abrir mais a revista, apesar dos protestos.

Raul também levou a revista para casa, e eu também — apesar de não saber muito bem o que fazer com ela.

— O maior tesão — eu disse no dia seguinte, satisfeito por ter olhado com atenção todas as páginas.

Os gostos se diferenciavam. Bola gostava das magrinhas, Raul preferia as cheinhas, Fino gostou de uma morena deitada numa rede. Todos, porém, concordávamos numa coisa: as mulheres de verdade estavam em lugares distantes, como nas páginas de revista. As meninas do nosso ano eram fraquinhas: umas tábuas.

— Só a Ione tem peito de verdade. Você viu?

As exigências se multiplicavam. Diante das fotos achávamos defeitos, os gostos se apuravam:

— Dessa que você gostou? Não tem cintura!

Falávamos também do que faríamos com elas, ou elas em nós.

Tornamo-nos especialistas. Ao longo de discussões estabelecemos critérios: peitos muito juntos ou pernas finas perdiam pontos. As que tinham muito jeito de prostituta também saíam perdendo.

— E o que você acha que todas essas são? — disse Raul. — Freiras, por acaso?

— Tudo bem — disse Fino. — A mulher pode até ser, mas não pode parecer.

Eram horas comentando, analisando, discutindo mulheres — tínhamos até pôsteres na parede. De tantas discussões surgiu uma questão, óbvia, inevitável: Fino estava sempre entre nós, já não era hora de efetivá-lo como membro do clube?

A questão foi levantada na sua ausência, claro.

– É necessário? – perguntou Raul. – Ele vem aqui quando quer.

– Seria mais justo, pô – disse Bola. – Ele já trouxe as revistas, os pôsteres, traz comida. Não é justo?

– E o que ele seria? Já temos o presidente, o braço direito, o conselheiro. Está completo.

– Ele mesmo disse que pode ser o segundo conselheiro.

– Quer dizer que você já falou com ele? – estranhou Raul. – Não estou acreditando que você passou por cima de mim, Bola!

Houve um mal-estar, que eu tentei consertar:

– Até certo ponto é natural – falei. – Fino está sempre aqui, e sabe que a possibilidade existe.

Raul não disse nada. Bola emendou:

– Tudo não é resolvido por votação? Vamos votar.

– Outro problema – disse Raul. – Agora somos três, um número ímpar. Se forem quatro, o que vai acontecer quando a votação empatar?

O problema era real. Eu imaginava Bola e Fino fincando pé em qualquer assunto, e o impasse nos impedindo de resolver qualquer coisa. Como resolver isso? Eu queria que Fino entrasse no clube, mas também não queria me indispor com Raul. Quem achou a solução foi Bola:

– Se empatar, você, como presidente, decide. Certo?

Raul acabou concordando a contragosto, e votamos a admissão de Fino:

– Eu voto a favor – disse Bola.

– Eu também – falei.

– Eu voto em branco – disse Raul.

Por uma questão ética, o resultado não foi comentado com Fino. E ele passou a fazer parte do clube.

14

As mesas de bares tornaram-se o lugar ideal para grandes debates. Bebíamos e discutíamos assuntos que nos preocupavam: os perigos do cigarro, por exemplo:

– Fumei um maço de cigarro mentolado, perdi o fôlego para correr – disse Bola.

– E algum dia você teve fôlego? – perguntei.

– Claro, pô. Só comecei a fumar porque emagrece.

Outra preocupação era o sexo:

– Teve um homem que transou tanto que teve de ser operado.

– O quê? Não é possível.

– Claro que é. Isso também acontece se o cara se masturba demais. Na hora "h" não funciona.

– Demais? E quantas vezes é demais?

– Mais de duas vezes por dia já é demais.

– Você está brincando!

Conscientes desses perigos, nos limitávamos a admirar as mulheres que passavam. A bebida, contudo, era a velha coca-cola, ou uma gini. Com gelo e limão, e aparência de bebida mesmo.

Até que um dia Raul pediu:

– Uma cerveja, por favor.

Pequeno, Raul não impunha respeito. O garçom riu:

– Espera uns aninhos, nenê.

Fino deitou e rolou:

– Vai dizer que não sabia que era proibido, Mosquito.

– Se ele quisesse ele dava. Mas não me chama de Mosquito. Nunca mais.

Raul explicou que já tinha bebido cerveja na sua própria casa, sua mãe não via nada de errado. E com isso apareceu no clube com uma cerveja gelada.

Todos experimentamos. Eu não gostei: parecia um xarope de tão amarga.

– Vou trazer vinho um dia desses – disse Fino. – É muito melhor.

E Fino trouxe o vinho – que realmente era mais fácil de beber, principalmente com bastante gelo. Agora certas reuniões no clube começavam com uma bebida, que antecedia o cigarro.

Às vezes, ficávamos bêbados – seria outro o motivo que nos fazia ficar dançando e beijando as mulheres?

– Eu te adoro – dizia Bola, passando a língua no pôster.

Fino trouxera uma vitrola a pilha: os discos giravam até altas horas, enquanto desafiávamos o horário de voltar para casa.

Mas não tínhamos luz elétrica. Diante dessa dificuldade Fino adaptou uma chapa de aço ao fogareiro a álcool. Com uma espátula imitava o procedimento de um cozinheiro, derretendo queijo e presunto.

Comida, música, sexo. Tanta animação tinha de gerar suspeitas, claro. Um dia, eis que alguém bate na porta.

– Quem é? – perguntamos temerosos, abaixando o volume. Cheguei a pensar que era minha mãe, mas felizmente estava enganado: era a mãe do Fino.

– Abram a porta, por favor. O que vocês estão fazendo aí?

Escondemos os cigarros e as bebidas antes que ela entrasse:

– Onde você estava, meu filho? O motorista foi te buscar no clube, não te encontrou.

Fino não perdeu o rebolado:

– Ora, mãe. Começou a garoar, por isso não joguei tênis.

Só depois desse diálogo ela nos cumprimentou e olhou em volta, como se estivesse examinando. Achou que o clube estava bem organizado – com exceção dos pôsteres, que podiam ficar guardados em lugar discreto.

Fino saiu com ela, mas os resultados não tardaram a aparecer:

– O que vocês estão aprontando naquele clube? – perguntou minha mãe, desconfiada.

– Por quê? A mãe do Fino fez fofoca?

– Tem motivo para fofoca? Quero saber o que vocês fazem lá dentro, não posso?

Os desejos vinham de todos os lados. Um dia fomos ao cinema, ver um filme para quatorze anos.

– A carteirinha, por favor – disse o porteiro.

Ninguém tinha a carteirinha, e sem ela não entramos.

– Não acredito que fomos barrados! – disse Fino. – Tudo por sua culpa, Raul.

– Minha culpa? Ora essa, por quê?

– Olha como você se veste! Se ao menos pusesse uma camisa de homem, um sapato decente!

– Essa é boa! Não tem nada a ver.

– Lógico que tem. Ele nos levaria mais a sério.

Sem dúvida, ninguém se vestia como Fino, mas Raul era de todos o mais esculachado. Usava tênis sem meia, e *short* que não escondia as pernas finas.

Fino arranjou uma carteirinha falsificada. Eu e Bola quisemos também, Fino prometeu arranjar. Só Raul não pediu. Na hora de entrar no cinema, porém, Raul acabou passando.

– Eu não falei? – disse Raul.

No colégio, o bedel implicava com Raul:

– Esse *short* não faz parte do uniforme.

– E daí? A cor é a mesma.

Raul não entendia como Fino, que também usava roupas diferentes, não despertava a implicância do bedel. Claro: calça azul de prega, jaqueta de náilon, tudo seguia o padrão, com a diferença de parecer mais chique.

Na escola, a última chapa eleita para o centro cívico nada havia feito além de uma gincana. Dizia-se que tinham gastado a verba em uma festa particular. Mas havia novidades: novos professores, reformas no pátio. Deoclídeo, o novo professor de história, demonstrava como os governos do Brasil privilegiavam a elite: era o caso dos monarquistas, por exemplo.

— O conchavo entre as forças conservadoras e retrógradas.

Estudando a política, ficávamos loucos da vida com os monarquistas, que defendiam a escravidão e impediam que os republicanos fizessem as reformas.

E o Poder Moderador? Um autêntico golpe de estado. Os monarquistas não admitiam perder o poder de jeito nenhum! Ao ouvi-lo, ficávamos tão revoltados que tínhamos vontade de esganar os monarquistas.

No entanto, era difícil ficar a favor de alguém: se num momento apoiávamos os republicanos, no momento seguinte os republicanos faziam as piores artimanhas para permanecer no governo, como na República do Café com Leite. Sem falar do voto de cabresto e do coronelismo. Quem devíamos apoiar, então?

A essa pergunta Deoclídeo se mostrava hesitante:

— Cada momento é diferente, a escolha varia.

— Mas quem o senhor apoia, agora?

Deoclídeo nunca dava uma resposta clara. Não havia mais republicanos e monarquistas, dizia ele. E os movimentos populares tinham desaparecido, pois sofriam pressão. Mas era possível que, no futuro, voltassem a aparecer, se as condições permitissem...

Os membros do centro cívico, para nós, equivaliam aos monarquistas. Não haveria outra eleição? O ano chegava ao fim, eles não tinham feito nada, por que não nos candidatávamos?

A lembrança da eleição da qual participáramos tirava qualquer ânimo. No entanto haveria uma reunião, em que assuntos públicos seriam discutidos:

— O nosso colégio é um exemplo de civismo — disse o novo coordenador pedagógico, que assumira o posto havia pouco tempo.

A discussão prosseguiu, entre risadas. As eleições eram vistas como um evento, assim como as gincanas em que um grupo saía vencedor.

— E o voto de cabresto? — disse Raul. — Será que vai acontecer de novo?

— Cabresto? — estranhou o coordenador. — Do que você está falando?

Raul explicou que nas últimas eleições de que participara uma chapa com mais de vinte pessoas havia ganhado — óbvio, pois só os amigos dessas pessoas já somavam um número vitorioso.

— Você está confundindo as coisas, meu filho — disse ele, com um sorriso. — Voto de cabresto é coisa bem diferente. Coisa do Nordeste.

– E como se chama esse tipo de voto? Em que se forma um grupo majoritário, e que por isso ganha a eleição?

– Democracia! Todos votaram, um grupo ganhou. Onde está o problema?

– Mas era um grupo que se formou só com esse propósito. Pois quem estivesse de fora não teria chance.

– Ora, por que não? Cada um podia votar em quem quisesse. Você não está entendendo o princípio da coisa.

– Acho que o senhor é que não está entendendo. Afinal, não estava aqui quando isso aconteceu.

A conversa, no começo cortada por risinhos e ruídos, passou a ser acompanhada por todos; um silêncio caiu na sala. A coragem de Raul em dizer exatamente o que pensava ainda me surpreendia.

– E será que você vai poder me explicar? – disse friamente o coordenador, que usava uma camisa social.

– Bom, eu... – Raul ficou quieto, subitamente sem resposta.

– Será que há outras pessoas insatisfeitas? – perguntou o coordenador, olhando para todos. – Alguém mais tem objeções?

Diziam que a substituição da coordenadora pelo novo coordenador se devia à elevação de nível do estabelecimento, pois tratava-se de um profissional qualificado. Agora eu via que isso era verdade, pois ele, ao contrário da anterior, parecia nunca perder o controle da situação.

– O que vocês estão achando dessas colocações? – perguntou o coordenador, olhando em volta.

– Acho que ele não gostou de perder – disse uma menina, que obviamente tinha ganhado.

– Talvez. Talvez você – disse para Raul – devesse levar isso em conta. As eleições, lembre-se, servem a todos, não a um só.

Alguns começaram a falar. O coordenador granjeava simpatia, pois muitos ali faziam parte do centro cívico. Saímos da reunião e Raul saiu chutando poste:

– Queria ganhar a eleição só para esse imbecil ver, mas sei que é impossível. Fazem uma chapa com quarenta pessoas e ganham de qualquer jeito!

– Ganhar eleição para quê? – disse Fino, com tédio. – Você está querendo arranjar briga à toa.

— Você entrou no meio da reunião e não entendeu nada — disse Raul.

Fino realmente não entendia do assunto, nem queria entender. Suas preocupações eram bem diferentes. Algumas semanas depois anunciou que entrara nas aulas de dança do Clube Municipal. Raul disse que aquilo era frescura.

— Frescura? — respondeu Fino. — Frescura você vai ver quando um monte de mulheres cair na minha mão. Frescura vai ser dançar assim, ó, quando chegar o Baile Negro — e deu um passo de dança, acariciando no ar a silhueta de uma mulher imaginária.

— Quero ver.

Mas Raul não foi ver. O Baile Negro estava sendo comentado na escola, na rua, em toda a cidade. Seria num sábado, os convites eram disputados a tapa. Fino conseguiu arranjar convites para nós. A expectativa era imensa. Minha mãe até mandou fazer um terninho especial para a ocasião, e no dia me arrumei com cuidado, passando gomalina no cabelo.

— Um verdadeiro homem — disse ela satisfeita, ajeitando meu colarinho.

Fino, afinal, entendia das coisas. De uma forma ou de outra conseguia entrar nos lugares certos, na hora certa, criando oportunidades. Saí de casa, peguei um táxi e encontrei Bola.

— E Raul? — perguntei.

— Disse que não vai.

— Vamos passar na casa dele.

A mãe de Raul nos atendeu, atravessamos uma sala. Raul fazia um desenho no seu quarto.

— Pô, Raul — disse Bola. — Vamos lá.

— Eu já dei minha resposta — disse Raul.

— Só para acompanhar a gente. O táxi está aí.

— Não dá para só acompanhar vocês. Ou eu vou ou não vou.

— E por que não vai? É despeito com o Fino, por acaso?

— Eu não vou porque tenho senso de ridículo. Por acaso vocês já se olharam no espelho?

Olhei para Bola, sua cara vermelha, o cabelo empastado de gomalina, a camisa que mal escondia a gordura. Será que eu estava tão ridículo quanto ele?

O táxi nos deixou na porta do Clube Municipal. Todos entravam elegantes, com ternos, vestidos longos.

Na pista, tive a surpresa de ver todos dançando num ritmo frenético. As roupas chiques, gravatas e paletós não eram empecilho para a animação.

Fino era quem mais dançava. Com um *blazer* azul-escuro, camisa semiaberta, dançava com mulheres mais velhas, dançava com meninas, dançava sozinho; fazia reviravoltas, erguia um braço, depois o outro.

Eu e Bola nos sentamos no fundo do salão. Fino veio falar conosco:

– Viram as meninas? – disse, com uma piscada maliciosa, e apontou um grupo de meninas em volta de uma mesa. – Estão esperando que vocês as tirem.

– Não sabemos dançar – disse Bola.

Ficamos ali sentados. O tempo custava a passar. Bola ainda não tinha se acostumado com o colarinho duro, e ficava repuxando o pescoço. Olhávamos tudo a distância, sem vontade nenhuma de sair dali. Todos circulavam sem parar, as meninas em volta da mesa soltavam risinhos. O máximo que fizemos foi tomar uma coca.

– E então? – disse Fino, depois de mais demonstrações na pista. – Daqui a pouco as meninas é que vão tirar vocês.

Diante dessa perspectiva resolvemos ir embora. Saímos discretamente, pegamos um táxi. Bola desceu primeiro, voltei sozinho para casa.

– E então? – disse minha mãe, descendo a escada de camisola. – Como foi o baile?

– Bom – respondi, subindo a escada. – Mas faltou música lenta.

– Música lenta?

– Claro. Pular de lá para cá, onde está a graça? Não sou macaco.

– Mas a moda atual...

– Eu não sigo a moda, mãe. E estou com sono – o toque de sua mão no paletó se perdeu, subi ao quarto. Tirei a roupa que tinha vestido com tanto entusiasmo. Tinha raiva daquela roupa, raiva do baile, raiva de Fino, raiva de mim mesmo. E por quê?

Não sabia dizer. Fino aparecia como uma espécie de farsante, que inventava histórias e falava demais, mas na verdade não podia culpá-lo de nada. Dormi. Só o sono podia aplacar o que sentia.

15

Bola e eu juramos nunca mais voltar ao Clube Municipal. Fino, porém, era sempre capaz de inventar alguma novidade. Dezembro chegou, e resolvemos passar o ano-bom no clube. Fino preparou uma festa de *réveillon*, levou salgadinhos, levou até champanhe.

– O Fino é muito fino – disse Raul.

– Claro – ele respondeu. – Da próxima vez vai ter caviar.

Mas a próxima vez estava distante: o ano entrou, Fino viajou com os pais, Bola ficou mais uma vez de recuperação. Estávamos só eu e Raul no clube.

– Se ao menos pudéssemos ouvir música... – comentei.

– Se Fino tivesse deixado a vitrola, você quer dizer – disse Raul.

Fino tinha levado sua vitrola, mas alegando medo de um roubo, como o que já acontecera.

– Talvez ele pudesse ter deixado – falei. – Mas será que isso bastaria para vocês se darem bem?

– Por quê? – ele me olhou. – Você acha que nós não nos damos bem?

Fiquei quieto. Havia coisas que nunca eram comentadas. Já estava arrependido de ter tocado no assunto, mas não podia voltar atrás.

– Não sei – falei, sem graça. – Vocês dois sempre discordam.

– Todos nós discordamos, os quatro.

Sim, era comum que um quisesse impor seu ponto de vista, e cada assunto virasse uma batalha.

– Mas você e o Fino são os que mais discordam – falei, com sinceridade. – Não sei por quê, mas é o que acontece.

– Talvez Fino seja mais exclusivista que nós, talvez seja isso – disse Raul.

– *Exclusivista*? – estranhei. – O que é isso?

– Quer dizer que ele... só faz o que gosta, e que todos têm de fazer o que ele gosta.

– Você quer dizer que ele é... egoísta?

Raul não disse nada. Mas na minha cabeça não era assim. Por mais que eu entendesse o lado de Raul, Fino não podia ser chamado de egoísta. Ele arranjava convites, levava comidas, não pedia nada em troca. Ao contrário, ainda fazia novos convites. Não, Fino não era egoísta.

– A questão... – disse Raul.

Esperei. Ele continuou:

– Na verdade, eu é que sou diferente de vocês – falou.

– Diferente? – eu me espantei. – Por quê?

– Vocês querem ser os gostosinhos, os bacaninhas. Eu, não.

– E quem disse que eu quero ser o bacaninha? – reagi, de imediato. – É claro que não.

– Será que não, Carlo? – disse Raul, me olhando.

– Tenho certeza – respondi.

Talvez eu tivesse respondido rápido demais, mas no meu íntimo achava que era verdade. Sabia do que ele estava falando. Roupas, certas "frescuras", e as pretensões do Fino.

– Há muitas coisas que me fazem discordar do Fino – repeti, convicto. – Eu não poderia ser como ele, de jeito nenhum.

– Tudo bem, acredito – disse ele.

– O importante é a amizade. Nós continuamos amigos como sempre, certo? – perguntei.

– Isso nunca foi colocado em questão.

Depois dessa conversa as coisas melhoraram. Durante aquelas férias voltamos a sonhar com o antigo projeto de um acampamento no mato. Aproveitamos a ausência de Fino e Bola para pegar ônibus que saíam dos limites da cidade, tentando planejar a aventura. Raul achava que estávamos ficando moles demais, acomodados, até mesmo pouco másculos. Faltava esforço em nós. Podíamos batalhar por alguma coisa, e a única coisa que fazíamos era cozinhar. Que iria acontecer no futuro? Raul tinha a certeza de que uma atividade física poderia preencher o nosso tempo, de forma que nem as discussões teriam como acontecer.

Um acampamento seria ideal. Um desafio, um aprendizado, a certeza de depender só de nós mesmos.

Na volta às aulas, comunicamos nossos planos a Bola e Fino. Eles concordaram, até se animaram. Mas os planos se referiam ao futuro, e o dia a dia se mostrou diferente. Fino tinha outras ideias na cabeça; achou, por exemplo, que os pôsteres deviam ser retirados da parede.

– Não entendi – disse Raul. – Você mesmo trouxe e quer tirar?

– Vocês não acham que eles são de mau gosto? – disse Fino.

– Eles são *seus*. Se você quiser levar embora, a decisão é sua.

– Não quero levar embora. Podem ficar guardados num caixote.

Raul levantou as mãos, como se dissesse que aquilo era incompreensível.

– Faça a sua vontade – disse Raul. – Quem pode saber o que há por trás disso?

– Não enche, Raul. Não tem nada por trás disso. Eu simplesmente amadureci, modifiquei a minha ideia.

– Você amadureceu em três meses?

As discussões começavam assim, do nada. Se Fino quisesse levar seus pôsteres, seria muito simples. Mas ele queria nos convencer de que seria melhor tirá-los, como se isso significasse *amadurecimento.* Já que era assim, Raul propôs uma votação: tirar ou não tirar?

– Eu voto contra – disse o próprio Raul.

– Eu também – falei.

– Eu voto... em branco – disse Bola, impaciente.

Só Fino queria tirá-los e perdeu a votação. O assunto morreu ali, mas as mulheres peladas agora estavam sempre nos observando, como se tivessem adquirido uma expressão irônica no olhar.

O aniversário de Fino chegou, e seria comemorado com uma festa em sua casa. A questão para nós não era que presente dar a ele, mas que *roupa* usar no dia.

– Não sei, não – disse Raul.

Pronto!, pensei. Raul não iria, e teríamos outro mal-estar no clube.

Mas no dia da festa, Bola, Raul e eu chegamos lá com uma camisa de seda – embrulhada. Fino nos conduziu à piscina. Lá estavam seus parentes, e amigos da escola.

Ao longo do almoço, Fino nos servia, servia seus familiares, e servia uma menina com insistência. Loirinha, nenhum de nós a conhecia, e Fino levava refrigerante, espetinhos, oferecia coisas sem parar.

Na hora dos parabéns Fino cortou a primeira fatia de bolo e a ofereceu a ela. Os risos e aplausos deixaram os dois subitamente vermelhos.

Pronto! Depois de dois dias Fino anunciou que estava namorando:

– Vocês vão estranhar, mas agora não vou estar sempre aqui – avisou. – É um compromisso.

– Ele deve ter amadurecido mesmo – Raul comentou, depois de Fino ter ido embora.

Aproveitamos o ensejo para trabalhar: Raul quis que arrancássemos o mato que crescia em volta do clube, dando-lhe um ar de abandono. Logo, porém, Fino voltou ao clube avisando que tinha uma "sogra" terrível: a namorada só podia vê-lo neste ou naquele horário, isso se tivesse feito as lições.

Fino revelava seus progressos: tinha pegado na mão, dado um beijo, ou melhor, vários beijos.

– Ué, você não disse que já conhecia mulher? – disse Raul. – Agora vem falar de beijo como se fosse a melhor coisa do mundo.

Fino descobria o prazer da conquista. Pacientemente, avançava um centímetro, ou um milímetro, mas não desistia. E assim conquistou direito ao cinema, à praça, ao *milk-shake*.

– A coisa mais deliciosa é beijar depois de um *milk-shake*, principalmente se for de morango. Experimentem!

Mas ninguém fora ele tinha essa oportunidade. Ficávamos no clube gastando nosso tempo com palavras cruzadas, revista de mulher pelada ou martelando uma mesa que Raul inventara de construir.

Um dia, estávamos ali, martelando a mesa, quando quem nos aparece? Fino e sua namorada. Outra menina também os acompanhava.

A conversa que corria solta de repente acabou. Fino as apresentou e apontou os pôsteres:

– Eu mesmo trouxe quando era moleque. Agora perdeu a graça.

A conversa não recomeçou. Raul permaneceu num silêncio sério, Bola ficou sem graça, olhava o chão. E eu não sabia o que dizer.

– Vamos sair um dia desses – disse Fino.

E saíram os três. Eu imaginei que, assim que saíssem, voltaríamos a conversar. Mas isso não aconteceu.

Por quê?, pensei. Os olhares não se cruzavam. Que coisa estranha! Fino voltou depois de uma hora e o pau quebrou.

– Você não tinha direito – disse Raul. – Este é o *nosso* clube, não seu.

– Direito de fazer uma visita? O que é isso?

– Nós estávamos à vontade. Eu estava sem camisa, Bola estava sem camisa.

– Grande coisa.

– Aqui não é lugar de mulher.

A energia subia na direção errada. O teto poderia explodir? Não devíamos aceitar a presença de meninas? O meu medo era que a briga pudesse acabar com o próprio clube. E os dois continuavam:

– Você é muito exclusivista – disse Raul.

– E você é taxativo. Sempre, taxativo – disse Fino.

Taxativo?, pensei. O que era isso? Eu não sabia, e meu coração começou a bater mais forte. De repente interrompi:

– Vamos parar com isso agora! – bradei.

– Por quê?

– Preciso de um dicionário!

Fino e Raul perderam o fio da meada, ficaram me olhando. E naquele momento percebi que eu era importante. Sim, eu, que pouco falava, tinha uma função essencial naquele clube. Eu era o braço direito, e minha voz devia ser ouvida.

– Não quero briga aqui dentro! – bradei com autoridade.

Fino e Raul ficaram me olhando, mas acabaram caindo na risada.

– Isso é engraçado? – perguntei.

– Não – disse Raul. – Mas você nunca falou assim antes. Dicionário! De onde tirou essa ideia?

– Bem, se vocês quiserem demonstrar tanta cultura, vamos para a biblioteca da escola.

Os dois ficaram sem graça. Bola só ouvia.

– Lembrem-se de que nós temos regras aqui – eu falei.

– Sim, eu sei – disse Raul. – Nesse caso, quem está certo? Vamos dar nossa opinião, vamos votar!

– Calma, Raul – eu disse. – Votar em quê?

– É certo trazer meninas aqui? Você gostou, Bola? Você se sentiu à vontade?

Bola demonstrava irritação. Aparentemente não participava de tudo o que discutíamos, mas respondeu:

– Não, não gostei.

– Está vendo? – insistiu Raul. – E você, Carlo, ficou à vontade?

– Não sei – respondi. – A situação era estranha.

– É o que eu estou dizendo! O clube é nosso!

Fino só cruzava os braços, como se demonstrasse que estávamos agindo com total infantilidade. Eu levei em conta o seu lado:

– De qualquer forma – falei – duvido que Fino tenha feito de propósito.

– É claro – disse Fino. – Até trouxe uma menina que vocês podiam namorar! E vocês reclamam!

Dessa vez Raul fez um olhar, como se dissesse que o infantil era Fino.

– Acho que chegamos a uma conclusão – falei. – A maioria não está à vontade com meninas aqui. Concordam?

Com certo espanto, concordaram. Fino, claro, deu a entender que estávamos perdendo com essa decisão. E Raul mudou de atitude comigo. Eu senti que, a partir desse dia, ele dava mais importância ao que eu falava, como se a palavra final estivesse nas minhas mãos.

– Não sei por que vocês ficaram tão surpresos – falei, como se tudo fosse muito natural.

– Surpreso, eu não sei – disse Raul. – Mas é bom que você tenha essa iniciativa. Se você também se impõe, é o clube que sai ganhando.

Fiquei satisfeito. Esses comentários me enchiam; Raul era meu amigo, mas eu sabia que raramente dizia uma palavra elogiosa.

A partir daí passei a acreditar que poderia controlar os ânimos. E evitar que as diferenças estragassem o principal, ou seja, o clube, que para mim era a coisa mais importante.

Quanto a Fino, acabou desmanchando o namoro:

– A coisa estava ficando séria demais, e eu sou muito moço.

E, assim, voltamos à rotina.

16

Logo depois das férias, o coordenador da escola veio com uma novidade: um concurso em que seria escolhido o "aluno-modelo do ano".

A dúvida consistia em saber o que se entendia por "aluno-modelo". Diante das perguntas, disseram que o aluno-modelo **não** seria o que obtivesse as notas mais altas. Também **não** seria o melhor nos esportes, nem o mais inteligente. Que qualidades teria esse ser ideal era um mistério a ser desvendado, pelo visto.

As meninas interpretaram a "aluna-modelo" de maneira própria. Começaram a desfilar no pátio, cabeça erguida, como se estivessem numa passarela. E a moda pegou a tal ponto que todas queriam se encaixar no perfil de "aluna-modelo": alguns quilos a menos, meias *lurex*, sandália de plástico, era difícil para o bedel controlar esses acessórios que chamavam mais atenção que o próprio uniforme.

O coordenador foi de classe em classe desfazer o mal-entendido. Segundo ele, o aluno-modelo deveria reunir *outras* qualidades.

– Mas o que eu faço, se quiser ser aluna-modelo? – disse uma menina, ingenuamente.

– Posso ganhar depois de pegar recuperação? – outro perguntou.

– Lembrem-se – disse o coordenador –, não é uma competição. Não adianta fazer isso ou aquilo, *de propósito*, para ser aluno-modelo.

— Mas então...

O suspense crescia a cada palavra que o coordenador dizia. Todos se indagavam, ninguém entendia nada, e nesse momento percebi que ele fazia isso de propósito: depois de nos deixar em dúvida, propôs um debate. Quais seriam as qualidades do aluno-modelo?

— Eu acho que devia ser um bom aluno. Senão, qual o sentido disso? — disse uma menina que era boa aluna.

— E o que é mais importante? Tirar notas boas e só? Se alguém fica em recuperação, e passa, não merece uma chance?

A menina ficou em dúvida, talvez decepcionada.

— E se o cara falta muito? — disse um aluno que faltava muito.

— E se ele for muito gordo, pode ser modelo? — a pergunta foi feita por um aluno que sentava do lado de Bola, e todos começaram a rir.

O debate continuou; cada um perguntava indiretamente sobre seu próprio caso: se atrasasse, se fosse muito ao banheiro...

— Como vocês veem, estamos chegando a uma conclusão — disse o coordenador. — O aluno deve estudar, mas essa qualidade não garante que ele seja importante para a escola como um todo.

— Mas então...

— Então concluímos que as qualidades importantes são: receptividade, participação, sociabilidade.

Ninguém entendeu, e ele se dispôs a explicar: receptividade a qualquer proposta, de forma a participar da atividade em questão, o que só poderia ser conseguido com sociabilidade — não era claro? Não, não era. O que para ele era óbvio, para nós era muito obscuro.

— Vejam bem... O que podemos esperar de um aluno? A escola é formada por professores e alunos. Se um aluno tem uma boa relação com os professores, pode promover atividades, fazendo com que todos sejam mais atuantes.

— Mas se ele não estuda...

— Se não tira boas notas, pode ter a iniciativa de chamar colegas para estudar em grupo — estamos até reservando salas para isso. Aliás, este pode ser o começo de um belo trabalho em equipe. Vocês sabiam que existe uma favela aqui perto, com gente que precisa de ajuda?

Até então quieto, Raul arriscou uma pergunta:

– E o que tem a ver essa... boa relação com os professores?

– Tudo, pois os professores propõem atividades. Aquele que concorda, ou melhor, se interessa pelas atividades pode fazer com que outros também se interessem.

As vozes subiram. A nossa curiosidade tinha sido estimulada, pois todos queriam saber mais. Contudo, ninguém estava satisfeito, pois as regras para o tal "concurso" não eram claras.

– Do jeito que a coisa está – disse Raul – vocês vão conseguir um resultado muito ruim com este concurso.

– Ruim? – ele estranhou. – Por que ruim?

– Pois essa história de se dar bem com professores... Vocês vão promover o puxa-saquismo dos alunos, isso sim.

As palavras de Raul caíram como água na fervura. O coordenador, de má vontade, voltou a dizer que ninguém devia fazer nada *de propósito* para ganhar o concurso. O fato de iniciar a discussão é que era importante.

E, mesmo assim, muitos quiseram ganhar. Fino foi um deles. Ficou mais falante e social. Entrou nos grupos de trabalho de alunos do oitavo ano. Os grupos tinham até direito de pedir um monitor, tal era o interesse da escola em que tomássemos "as nossas próprias" iniciativas.

Mas nós consideramos a ideia uma grande babaquice. Íamos para o clube como sempre, e achávamos que todos que participavam dos grupos só faziam isso para ser notados. Fino só aparecia no clube pelo fim da tarde:

– Estou livre, não preciso estudar à noite.

Contudo, já era tarde, e logo voltávamos para casa.

– Por que vocês não ficam mais? – disse Fino, um dia.

Não podíamos, fomos embora. Mas a situação se repetiu:

– Só mais um pouco – insistia Fino.

Não era hábito nosso ficar lá à noite. Raul tentou colocar os pingos nos is:

– Não dá para fazer tudo, Fino. É impossível ficar aqui e na escola ao mesmo tempo.

– Isso é óbvio – disse Fino.

– Mas você não quer abrir mão de nada. Quer fazer parte do clube, quer entrar nos grupos de trabalho.

– E daí?

– Se as coisas acontecem ao mesmo tempo, você tem de escolher, ora. O próprio Deoclídeo disse que a gente tem sempre de escolher. Qual é a sua escolha?

Fino não respondeu nada. E depois demonstrou irritação:

– Você está querendo me podar, isso sim.

– Eu? – Raul estranhou.

A discussão, apenas uma entre muitas, prosseguiu, Raul tentando provar que não queria podar ninguém, e Fino tentando mostrar que o clube era independente dos grupos de trabalho. Para tanto lançou um desafio:

– Estar aqui de dia, isso é bobagem – disse, com superioridade. – Afinal, já não somos grandes o suficiente para sair... à noite?

Um desafio é um desafio. Assim, a conversa mudou de rumo:

– Fiquei sabendo de um lugar – disse Fino.

– Que lugar?

– Não é para criança. Querem conhecer ou não?

Fino continuaria nos grupos de trabalho, mas o desafio estava lançado, e a nossa vontade agora era ir ao tal local, demonstrando que não era nada do outro mundo fazer tal coisa.

– E que tipo de lugar é esse?

Fino jurou que o lugar não tinha nada a ver com o Clube Municipal. Seria praticamente a nossa primeira saída, à noite. E tão natural quanto essa saída seria inventar uma desculpa para nossos pais. Dissemos que haveria um aniversário de uma menina.

– Que menina é essa? – perguntou minha mãe, desconfiada.

– É uma tal de... Leonarda.

De onde tirei tal nome, não me perguntem. Nos encontramos à noitinha. Fino estava de sapatos, calça comprida, com as mãos nos bolsos.

Entramos num ônibus que rodou por avenidas que eu mal conhecia. Confiamos inteiramente em Fino; sua preocupação de se tornar aluno-modelo desaparecia diante dessa iniciativa. Pela primeira vez estávamos fora de casa num horário proibido, em meio às sombras da noite, sem que soubessem do nosso destino.

– É aqui.

Eu observava tudo com curiosidade. Era um galpão num bairro distante. Havia uma fila na porta, de pessoas mais velhas que nós: faziam pressão para entrar, empurravam-se, e o porteiro, um negro grande, começou a esbravejar:

– Daqui a pouco não entra ninguém!

Quase dez horas; minha mãe sempre fazia questão que eu chegasse antes das oito. Esse princípio de tumulto não era nada inspirador.

– Precisa ter carteirinha?

– Pode deixar – disse Fino. – Tenho um convite carimbado.

Fomos amassados, empurrados, mas era questão de honra não desistir. Entramos, ejetados para dentro, em meio a um turbilhão.

E então, eu vi: um lugar que só não era totalmente escuro em razão dos raios que piscavam aqui e ali, partindo a visão em cacos incompatíveis. De um lado, casais se abraçando, de outro figuras que dançavam como se estivessem loucas, abrindo e jogando os braços para o infinito. E, ao fundo, a famosa luz negra: quando as luzes não piscavam, viam-se fantasmas roxos e irreais, andando no escuro como almas penadas. Sem dúvida, eu estava pela primeira vez num daqueles falados inferninhos.

– Vamos beber – disse Fino.

Não vendiam bebidas alcoólicas. Mas Fino tinha sempre uma carta na manga do colete: pequenas garrafas de rum que despejava na coca-cola.

Como quem estava habituado, andávamos com nossos copos de cuba-libre, sem saber para onde ir: de qualquer forma, era um lugar tão escuro que isso não tinha importância.

– Incrível! – disse Raul, olhando duas meninas com decote.

– E aquela, de barriga de fora? – disse Fino.

Figuras exóticas, rapazes altos, de calça *jeans* e camisa aberta. Não éramos como eles, mas naquela mistura passávamos despercebidos. Eu mal acreditava que até as brigas tinham ficado para trás. Raul e Fino resolveram perambular, até dançar na multidão, já que todos dançavam sozinhos.

– E você, Bola? – perguntei. – Não vai se arriscar?

– Por enquanto estou analisando.

Um pouco mais de coca, e eu seria capaz de esquecer tudo, até mesmo onde estava, uma espécie de purgatório que poderia se tornar tanto o inferno como o céu. A diferença era mínima. Prevalecia a sensação de um mundo novo, cheio de formas e cores desconhecidas, que uma vez adentrado não permitiria volta; eu estava no limiar.

No fim do ano, depois de muito "trabalho" e entrega de latas de leite em pó, o prêmio de "aluno-modelo" foi entregue a uma menina da oitava, que conversava com todos e dizia que queria fazer o magistério. Simpática, e mesmo assim a escolha gerou antipatia. Outros dois alunos ganharam menções honrosas, e Raul – quem podia ter imaginado? – ganhou um prêmio pelo "espírito questionador e mentalidade crítica".

Conseguiram pegá-lo de jeito. Sem reação, Raul não teve alternativa a não ser ir à frente da formação de alunos, e agradecer. Mais tarde desdenhou o prêmio, mas ficou na dúvida: será que realmente davam valor ao que ele dizia, ou era só uma forma de adoçar a sua língua?

Fino não gostou nada de ter "perdido". Ficou com raiva da escola e fez um comentário malicioso:

– Raul se faz de difícil, mas adorou ter ido lá na frente.

Não passei o comentário adiante; afinal, Fino estava com muita raiva, era preciso dar um desconto.

17

Mesmo com as perguntas insistentes dos nossos pais, voltamos outras vezes ao inferninho.

Eu colocava minha calça U.S. Top, e me sentia diferente. A diferença era que podíamos fazer qualquer coisa, dançar ou não, beber ou não – só que tudo isso na presença de meninas.

Às vezes nos posicionávamos estrategicamente e dançávamos sem dizer nada, mas demonstrando que estávamos *com* elas. Elas correspondiam. Dançando mais animadamente, criando coreografias.

Um pé para frente, outro para trás: qual era a lógica desses passos?

Havia uma menina que sempre estava lá. Cabelo escorrido preto, dançava compenetrada. Não sei como chegou a dançar na minha frente. Olhava-me às vezes, indicando que eu podia ficar ali, diante dela. E os passos? Eu tentava seguir seu desenho. Se ia para trás, eu ia para frente, e vice-versa. Mas às vezes era impossível! De lado, eu não sabia: deveria ir para o mesmo lado, ou o outro? Rodopios deveriam ser imitados?

Eu tentava. Simplificava para não errar, e ficava com a impressão de não estar dançando quando ela inventava sequências mais complexas.

No final, ela olhava para mim e dizia:

– Tchau...

E eu prontamente respondia:

– Tchau.

Tinha certeza de que dali a uma semana a veria de novo.

– Vamos embora! – dizia Fino, após dançar com uma menina, que nunca era a mesma.

Rachávamos um táxi, os quatro.

Depois de uma semana, voltávamos lá. Mas a menina de cabelo escorrido não aparecia mais. Duas semanas, três, nunca mais a vi no inferninho.

Um dia resolvemos não pegar um táxi. Saímos andando pela noite e sentamos no meio-fio. Uma garoa finíssima começou a cair.

– A gente vai ficar doente – disse Bola.

Esse comentário não foi suficiente para nos fazer levantar. Talvez fosse o caso de ficar doente mesmo. Ficar de cama, longe da escola durante uma semana. Do céu a garoa caía como uma poeira branca, a uma velocidade surpreendente, como se aquelas raspas tivessem pressa de chegar ao chão.

Saímos novamente andando. O cansaço nos entorpecia.

– Tem um lugar aqui perto que vocês nem imaginam... – disse Fino.

– Que lugar? – perguntou Raul.

– Esquece. Vocês não vão ter coragem de ir.

– E você, tem coragem?

Só o debate, no meio da madrugada, era capaz de nos acordar. Fino e Raul se provocaram por algo que nem tinha sido mencionado, até que Fino revelou:

– É uma putaria que conheci. Querem ir?

Segundo Fino não estávamos longe desse prostíbulo que ele, assumidamente, só conhecia pelo lado de fora.

– Vocês têm coragem ou não?

Nós tínhamos coragem para isso e muito mais, é claro, mas não exatamente agora.

– Eu só não vou porque bebi demais – disse Bola.

– Isso está cheirando a conversa fiada – disse Raul. – Fino está querendo dar uma de entendido.

– Eu não estou querendo nada – disse Fino. – Mas agora está resolvido que eu vou, pronto. Quem quiser ir está convidado.

Todos nós admitimos a possibilidade, e o assunto poderia ter morrido aí. Mas Fino, na semana seguinte, insistiu:

– Quero saber quem vai comigo.

Estaria falando sério? A proposta era ousada, mas ninguém fazia menção de recusar.

– Vai ser na sexta-feira – disse Fino.

A curiosidade inicial diminuiu: ninguém dizia sim nem não.

– Só não entendi uma coisa – disse Raul. – Por que você conheceu esse lugar e não entrou?

– Porque naquela época eu namorava. Aí não dava, lógico.

– Bem, eu não conheço esse lugar – disse Raul. – Só posso saber como é se for até lá.

– Mas será – disse Bola – que vão deixar a gente entrar?

– Não sei – disse Fino. – Eu não entrei, já disse que *não* estou querendo dar de entendido. Só cheguei até a porta.

– E o que foi que você viu? – perguntou Raul.

– O que você acha? Mulheres, lógico.

– Mas Bola tem razão – falei. – E se não deixarem a gente entrar?

– Se não deixarem, a gente vai embora – disse Fino. – Temos alguma coisa a perder?

Assim, ficou acertado que iríamos na sexta-feira. Tínhamos alguma coisa a perder? Talvez apenas uma oportunidade de ir ao inferninho.

– Não dá para fazer os dois – disse Fino. – Vou ficar totalmente sem energia.

Claro, esse era um aspecto importantíssimo, que não podia ser descuidado de jeito nenhum: a energia.

Gemada com caracu, amendoim, ovo de codorna – e o que mais?

Os dias custavam a passar, e a excitação aumentava. Será que, dessa vez, tudo aconteceria? Minha mãe estranhava a quantidade de ovos consumida em tão curto espaço de tempo.

O dia chegou. Seguimos de ônibus como se estivéssemos em mais uma noitada, como de hábito ignorada pelos nossos pais. Eu pensava: e se a polícia chegasse e pedisse a carteirinha e nos prendesse? Mas não ousava pensar isso em voz alta.

– Estamos chegando.

Era um lugar mais afastado que o inferninho, as casas mais pobres.

– É ali.

Uma casa sobre um barranco, apoiada em colunas de tijolos. Viam-se o barro e água escorrendo sob a laje. Nada indicava que fosse um lugar diferente dos outros.

Fino tomou a iniciativa e foi na frente.

Uma porta se abriu. Apareceu uma mulher gorda. Fino foi entrando sem dizer nada e seguimos atrás.

As mulheres: uma loira mais ou menos bonita, uma de vestido vermelho, uma com cara de índia, e outra mulher servindo bebidas no balcão. Todas olharam para nós. A loira, com cara de espanto.

– Vamos sentar.

O sofá era de um couro vermelho barato, descosturado nas beiradas. Sentamos ali os quatro, um pouco amontoados.

– Tudo bem?

A loira, com o cabelo esbranquiçado e a barriga aparecendo sob o nó da blusa, chegou tão perto que parecia imensa.

– Tudo bem – respondemos.

Ela voltou ao seu posto, dando uma voltinha e jogando a cintura de lado. Fino apenas fez um sinal, como se dissesse "vamos ver". De repente, uma música supostamente moderna começou a tocar.

– Tem cerveja? – disse Fino.

A mulher se virou do outro lado do balcão. Fino logo voltou com uma garrafa e quatro copos.

– Pensei que você não gostasse de cerveja – disse Raul.

– Você acha que tem champanhe, aqui?

Só então eu percebi que do lado do balcão havia um fliperama iluminado. Um pouco velho e apagado, mas mesmo assim um fliperama.

Um homem entrou, com grande chapéu de vaqueiro.

– O que vocês estão achando? – disse Fino.

– A única bonita é aquela morena – disse Raul.

– A loira é passável – falei, pensando naquele cabelo oxigenado.

Alguns homens entraram, com roupas exageradas. Estampas coloridas, camisas abertas, e mesmo assim o homem com chapéu de vaqueiro, todo branco, era o que mais chamava a atenção.

Uma música romântica começou a tocar. Um dos homens quis dançar com a morena. Eu não conseguia tirar os olhos do fliperama. Até que a loira se aproximou de nós:

– E então, rapaz? – a loira fez menção de tirar Fino para dançar e ele se levantou. Engataram na música lenta, mãos na cintura.

– O que você está achando, Bola? – Raul perguntou.

Bola estava emburrado.

– Não sei – disse ele. – É muito escuro, não dá para ver nada.

No entanto eu via o fliperama, e pensava: poderia comprar uma ficha e jogar?

– Eu não gostei da cerveja – disse Raul. – Nunca vi essa marca.

Agora eram dois casais: o vaqueiro dançava com a de vestido vermelho.

– Queria saber se elas vendem fichas para aquela máquina – falei.

Raul soltou uma risada:

– Se desse para fazer um campeonato...

Essa, aliás, era uma das nossas ideias mais recentes: comprar um pebolim para o clube.

A música mudou. Da música romântica para uma música caipira – nos entreolhamos, como se estivéssemos acordando de um sonho.

Fino voltou e disse em voz baixa:

– Não dá. Ela tem um cheiro insuportável de perfume barato. E vocês viram aqueles peões? Acho que aqui é ponto de boia-fria.

Em um instante, aquela música se tornou ridícula. Estávamos no lugar errado, um lugar de baixo nível, que portanto não tinha nada a ver!

– Vamos embora.

Saímos atabalhoadamente, e a gorda veio atrás de nós, com dois olhos deste tamanho. Mas já tínhamos ganhado a rua, e seguimos andando.

– Uma furada! – disse Fino. – E aquele cara de chapéu?

– A ideia foi sua – disse Raul.

– Tudo bem, mas eu não sabia. E aquela música?

– E a gorda?

– E você, Bola? – eu perguntei. – O que achou?

– Eu estava com sono. E enjoado. Deve ser uma coisa que comi.

– Aquele monte de ovos – eu falei.

Seguimos andando, e eu ainda pensava no fliperama.

– Sabe do que eu fiquei com vontade? – falei. – De comprar um pebolim para o clube. Por que não começamos a juntar dinheiro?

Todos assentiram e continuamos andando.

18

Aquele ano, o último do ginásio, avançava sem alarde, mas trazia uma dúvida: o que seria feito de nós, ao seu fim?

Teríamos de mudar de escola, essa a única certeza. Mas para qual?

Por enquanto, nossa obrigação era passar em todas as matérias. E quando uma bateria de provas acabava, fazíamos uma comemoração. Bebíamos, vez ou outra acabávamos vomitando na porta do clube. Já era uma rotina.

– E hoje? – disse Fino. – Por que não vamos àquela festa?

Todos se entreolharam, ninguém respondeu nada.

– E o inferninho? – insistiu Fino.

Mais uma vez, não houve resposta.

– Aquele lugar está cheio de babacas – disse Raul, por fim.

– Eu sabia! – disse Fino. – Tinha que ser ele!

– Tinha que ser ele o quê? – reagiu Raul, de imediato.

– Tinha que ser você para tirar o nosso ânimo – disse Fino. – É sempre assim. Eu tenho mil ideias. Mas vocês estão vendo que é sempre o Raul que...

– Cala a boca – disse Raul. – Raul isso, Raul aquilo. Você não cresce?

– E você, cresce para quê?

– Eu tenho opinião. Aquele pessoal é babaca. Mas isso não vem ao caso. Eu tenho de convencer você? Ou você, me convencer?

– Mas...

– A gente precisa sair junto, sempre? Claro que não! Cada um faz o que quer, e ninguém enche o saco de ninguém. Não é melhor assim?

Ficamos em silêncio. Essa frase caiu como água na fervura. Era verdade que não precisávamos sair sempre juntos, mas...

– Não é bem assim – falei. – Se não fizéssemos nada juntos, o que significaria este clube? Por que estamos aqui, então?

– Tudo bem – disse Raul. – Mas cada um tem que ter a liberdade de fazer o que quer. Se vocês quiserem, podem ir.

Todos ficaram emburrados. Então toda a nossa cumplicidade iria desmoronar? Fino cruzou os braços com má vontade. E agora? Eu poderia fazer alguma coisa para impedir que isso acontecesse?

Fino fez um gesto: o gesto definitivo?

– Não – disse Fino. – Eu não estou com vontade de sair hoje. Por mim fico aqui.

– Eu também – disse Bola. – Gastar dinheiro para quê?

Como uma mágica, decidimos ficar todos e curtir a noite ali mesmo. Mas o que fazer? Raul jogou as cartas sobre a mesa:

– Vocês já aprenderam o pôquer?

– Mais ou menos – disse Bola.

Começamos a repassar as regras do jogo, e ficamos a noite toda jogando pôquer. Fino acendeu um cigarro. Logo esse se tornou um novo hábito: noites passadas em volta de uma mesa de jogo.

– Agora já era – disse Fino. – Se não for a dinheiro não tem graça.

– E todo mundo aqui é filhinho de papai? – contestou Raul.

Acabamos concordando em jogar a dinheiro, desde que as quantias fossem pequenas: a empolgação era maior. Jogávamos falando mal dos colegas da escola, que nada sabiam a respeito de sexo, e nem bebiam.

– Ainda fazem coleção de carrinho.

– Ou de selo, que nem o Schimidt.

Contudo, esse era outro aspecto que negligenciávamos: a escola, com suas regras, seus prêmios, suas proibições.

Sim, havia os alunos que fumavam escondido no banheiro, mas para nós esse desafio era infantil. Queríamos desafios maiores. Assim, começamos a levar nossas garrafinhas para a escola. Podíamos comprar coca e jogar rum dentro. A noção de que éramos adultos e independentes nos dominava.

Não sabíamos, porém, que essas brincadeiras estavam sendo reprimidas a sério. Resultado: fomos pegos.

Todo mundo não fumava no banheiro e até na porta da escola? Não levavam um carão e a coisa não acabava por aí? Por que com a gente seria diferente?

Achando graça, fomos levados para a diretoria em meio aos olhares dos colegas. Éramos as estrelas; podíamos até nos dar ao luxo de fazer, como os *hippies*, o sinal de "paz e amor".

Na sala da diretora, porém, o céu fechou. Pela janela abafada por grossas cortinas, uma réstia de luz entrava com dificuldade. Entramos, nos sentamos: a diretora nada dizia, só anotava alguma coisa em sua mesa.

O silêncio interminável. Os quatro se entreolhando. E a diretora escrevendo, sem levantar os olhos.

— Muito bem — disse ela, colocando um ponto-final. — Acho que vocês já estão arrependidos. Uma semana de suspensão vai ser suficiente. Concordam?

Em casa, o escândalo. Minha mãe não se conformava: como é que um filho que "tinha tudo" podia dar aos pais um desgosto desse? A seis meses da formatura! Sem falar do exemplo que estava dando a Pedro, o inocente.

— O problema é esse Raul. É ele que tem essas ideias.

— Mas mãe...

— Não tem mas nem meio mas. Eu vejo as coisas. Os outros são comportados. Raul é péssima influência. E você acaba perdendo o ano.

Não adiantava explicar que Raul sempre ia bem nas matérias, ao contrário de Bola e Fino, que pegavam recuperação.

Fui proibido de ir ao clube. Uma semana sem sair de casa. Uma semana girando em círculos. Uma semana no telefone:

— Em casa foi igual — disse Fino. — Ela acha que eu vou perder o ano.

– Estou de castigo – disse Bola. – Fiquei sem sobremesa.

Contudo, Fino não deixaria de ir a uma festa, Bola não deixaria de ir ao clube. Eu era o único que estava acorrentado, e não entendia como uma brincadeira tola podia ter tantas consequências.

– Você não vê a gravidade da situação? – disse minha mãe. – Você tem de estudar para recuperar as aulas que está perdendo.

Gravidade ou chatice? No fundo eu sabia que era só copiar a matéria, decorar algumas coisas antes das provas, e passar com uma nota boa: nisso consistia a vida escolar.

De volta ao colégio na segunda-feira, entramos na sala da diretora, os quatro. A sala agora não estava escura: a cortina aberta jogava luz contra o cabelo ralo da diretora, e via-se a sombra de um bigode.

– É triste perder aulas – disse ela. – Mas agora elas terão um novo significado para vocês.

E começou a falar do nosso destino, que estava inextrincavelmente ligado ao destino da nação. Que nação seria essa, com filhos que se entregavam ao vício? Que força teríamos para empunhar a bandeira da pátria, sob o efeito devastador do álcool? Como podíamos nos deixar corromper pela mais infame das dissipações?

Era preciso olhar o destino de frente. De tal forma que só nos comprometendo com a excelência poderíamos fazer jus à educação exemplar que nos era ofertada.

Portanto, era preciso prometer e se comprometer. A nunca mais beber, não cair no apelo fácil das drogas.

Rapidamente concordamos com tudo, prometemos tudo. Fino admitiu que aquele era um erro lamentável, só justificado pela curiosidade: as garrafinhas tinham sido oferecidas por um amigo, e ele nem sabia que aquela bebida era tão intragável!

Quando tudo estava quase certo e todos estavam felizes, Raul saiu-se com essa:

– Desculpe, mas não posso prometer nada.

– Não pode... prometer? Por quê? – espantou-se a diretora.

Instado a dar a palavra de honra, Raul mostrou escrúpulos:

– Não posso, porque provavelmente amanhã vou estar bebendo de novo, é inevitável.

– Inevitável... ? – ela se levantou de trás da mesa. – Como assim?

– É o vício – disse ele, com um gesto de impotência. – A senhora sabe, quando o vício pega, não tem jeito.

– Sei... – ela dava passos lentos em torno da mesa. – E que atitude você espera que eu tome? – disse a diretora, desconfiadíssima, sem saber se Raul falava a sério ou se gozava da sua cara.

– Eu não espero nada. Foi a senhora que pediu minha palavra de honra, e isso eu não posso dar.

– E seus colegas? Que exemplo você está dando?

– Eles não precisam seguir meu exemplo. Ou talvez usem o meu exemplo para não fazer o que eu faço.

Parada contra a luz, ela parecia hesitar.

– Vocês – disse para nós – podem ir. Você – apontou Raul – fica.

Saímos silenciosamente, enquanto Raul continuou sentado. O que ia acontecer? Nada era mais importante do que isso. Entramos em sala atrasados; esperamos uma resposta, mas até o fim das aulas não havia nenhuma; Raul não estava ali.

No clube não encontramos Raul. Ninguém arriscou telefonar. Só no dia seguinte é que soubemos da bomba: Raul fora expulso do colégio.

Rodamos como baratas tontas. Não havia a quem perguntar coisa alguma. Voltamos às aulas sem uma explicação; Fino concluiu, enfático:

– Eu sabia que isso ia acontecer. Ele estava pedindo!

Mas ainda era cedo para uma conclusão. Só ouvíamos comentários desconexos. Soubemos que a mãe de Raul tinha aparecido na escola. Argumentando com a diretora, teria dito que o álcool não representava um perigo; na França, crianças a partir dos doze anos tomavam um copo de vinho em cada refeição. A diretora teria respondido que felizmente não estávamos na França, país de hábitos permissivos e moral duvidosa.

A professora de matemática foi quem mais falou. Concordou com a diretora, dizendo que ela estava numa posição difícil, e que “corria o risco de ter um interventor fazendo diligência na escola”. Lembrou a história das laranjas: uma laranja podre poderia estragar todo o cesto. E por aí afora.

– O fato – disse minha mãe – é que seu amigo não se adapta à sociedade. Talvez não seja culpa dele, mas eu não quero isso para você.

Aquele tom sério e firme me surpreendeu. Mas felizmente minha mãe não fez nenhuma proibição.

Eu ainda não conseguia acreditar que isso estivesse acontecendo com Raul. No clube, eu, Bola e Fino esperávamos; ele não aparecia.

– E agora?

– Deve estar envergonhado do que fez – disse Fino. – É por isso que não vem.

No dia seguinte, já era de tarde e Raul ainda não tinha aparecido: quatro dias sem notícia! Será que nunca mais ia voltar ao clube?

– Não dá! – falei, sem conseguir me conter. – Temos que buscar Raul na casa dele.

– Buscar por quê? – estranhou Fino. – Ele não tem pernas?

Esse comentário me deixou fulo: Fino sempre colocava as coisas de um jeito que ficava difícil explicar.

– Tem – respondi. – Mas como amigo dele eu faço questão de ir lá pessoalmente.

Pegamos um ônibus, os três. Na sala, a mãe de Raul pintava um quadro no cavalete:

– Podem subir, meninos.

No seu quarto, não sabíamos o que dizer:

– O clube não pode ficar sem presidente – eu falei.

– Claro, sem você não tem graça – disse Fino, dando um tapa nas costas de Raul.

Bola não dizia nada.

Raul ficou sem graça:

– Eu ia lá amanhã mesmo...

E, de fato, Raul voltou no dia seguinte ao clube, mostrando que nada havia mudado. Pelo menos, aparentemente.

19

Raul entrou para outro colégio. A nossa rotina continuou a mesma, mas agora estava mais difícil reunir todos no mesmo programa. Fomos a uma festa sem Raul, para descobrir que ele estava certo em recusar: no escuro de uma garagem tocavam as mesmas músicas do inferninho, mas ninguém dançava.

E a situação se repetiu: eram saídas em que os quatro nunca se juntavam. Raul estava mais quieto que antes, Fino parecia desinteressado, só Bola continuava o mesmo. Até que, um dia, eu perguntei:

– O que está acontecendo, afinal?

– Não sei – disse Bola, fritando um hambúrguer. – Acho que Fino está arranjando outros amigos. Vi ele combinar com o André.

Com o babaca do André? Então cada um iria para o seu lado, à procura de novos amigos?

– Será que vai ser o fim do clube? – perguntei, inconformado.

– O clube não acaba, não – disse Bola. – Sabe por quê?

– Por quê?

– Porque aqui a gente tem liberdade – disse ele, mordendo o hambúrguer.

Liberdade? Eu pensava que ele iria dizer "amizade", mas Bola dissera "liberdade". Era isso que realmente contava? Eu via o clube como um lugar sem dissimulações, um lugar em que todos se ajudavam. Mas Bola talvez estivesse ali apenas para comer quando quisesse, e Fino para não voltar cedo para casa.

Sim, eu também gostava de estar longe da escola, de não ter regras para seguir. Mas isso só fazia sentido porque tínhamos criado aquele lugar com as nossas mãos. Ao contrário da escola, o clube era nosso!

– Você saiu com o André? – perguntei a Fino, no dia seguinte.

– Eu? – Fino se surpreendeu. – Ele me convidou...

– Será que não vamos sair mais, os quatro?

– Vamos... Mas o que eu posso fazer, se vocês nunca estão a fim?

Será que a iniciativa teria de ser, mais uma vez, exclusivamente minha?

No fim de semana nos reunimos. Vimos um filme, e depois fomos ao clube jogar pôquer.

– Quem está com a banca pode apostar? – perguntou Raul, com as cartas na mão.

– Claro – disse Fino. – Contanto que embaralhe muito bem.

O tom desconfiado de Fino ficou evidente. Ainda que esbanjador, Fino tinha pavor de ser passado para trás.

– Eu não preciso trapacear – disse Raul. – Aliás, quem prometeu nunca mais pôr a boca numa bebida alcóolica não fui eu.

Todos estávamos bebendo vinho com gelo e ninguém disse nada. Mas Fino, depois de duas rodadas, voltou à carga:

– E você não se arrependeu? – perguntou com cinismo.

– Eu? – Raul estranhou. – Claro que não!

– É, mas você teve de mudar de colégio, fora a confusão que aprontou.

– Aquele colégio não valia nada. E estou com minha consciência tranquila.

– Por que você falou a verdade? Bobagem. – Fino levantou o copo. – O que significa isso? Beber socialmente? Grande coisa! Garanto que a diretora também bebe um uisquezinho. Mas você quis bancar o importante.

– Eu não quis me vender, isso sim.

– Nossa Senhora! – Fino fez menção de rir. – Esse assunto tem alta importância, mesmo!

– Você não entende – disse Raul. – Eu não minto por princípio.

– Uma mentirinha, quem se importa? Nós só falamos o que ela queria ouvir, e nos demos bem. Onde está o problema?

– Tudo bem. Vamos continuar jogando.

O pesado silêncio voltou a cair sobre nós. Fiquei pensativo, e fui o primeiro a falar:

– No fundo Raul está certo – falei. – Ninguém teve coragem de falar a verdade para a diretora.

– Coragem para quê? – perguntou Fino. – Para dizer que bebe? Raul, o herói do copo! Cadê a vantagem?

– Você está enganado – cortou Raul. – Não foi por isso que fui expulso. Foi porque eu falava demais. Porque questionava as coisas, porque incomodava.

– Você gosta de bancar o diferente, isso sim – disse Fino, em tom de acusação. – Só que isso não vai te levar a lugar nenhum.

Ficamos quietos, e o jogo logo acabou. Eu já não sabia a quem dar razão. Eu, que tinha prometido "nunca mais" fazer aquilo, fiquei seriamente em dúvida. O que era mais importante: falar a verdade ou se safar do problema? Que Raul tinha coragem, isso era inegável. Mas não sabia se poderia agir assim.

O que mais me preocupava, no entanto, era o fato do clube não ser mais o mesmo. Qualquer coisa era motivo para briga. Um dia, Fino teve um ataque de infantilidade ao ver que a agulha da sua vitrola estava quebrada.

– Eu não sei de agulha nenhuma – disse Bola, enquanto eu e Raul ecoamos a negativa.

– Quem foi, então? – disse Fino, inconformado. – O Espírito Santo? – e levou a vitrola embora.

Sem música o clube ficava ainda mais vazio. Seria uma forma de se retirar aos poucos?

Nossos pais também dificultavam as coisas. Minha mãe queria me ver em casa às sete horas. A mãe do Fino fazia exigências parecidas. Mas quem apareceu no clube, num sábado à noite, não foi nenhuma das duas.

Tínhamos tomado um resto de vinho, e Raul estava com uma lata de cerveja na mão. Foi aí que o pai do Bola, um homem grande e gordo, teve a maldita ideia de chegar de surpresa:

– O que é isso? – disse ele, olhando para nós.

Ficamos paralisados. O pai do Bola apenas fez um olhar terrível e, aproximando-se, arrancou a lata de Raul. Olhou para todos nós gravemente, e ninguém teve coragem de falar nada.

Ele parecia a ponto de bater em alguém. E com voz indignada apontou os pôsteres, a bagunça em que vivíamos, as bebidas, o cinzeiro. Será que achávamos que a vida era isso, essa “pura degradação”?

Suas palavras nos transformavam em viciados, em párias, em parasitas da sociedade. Eu estava impressionado, pois não achava que éramos tão ruins assim.

– Afinal – disse ele –, o que vocês estão pretendendo da vida?

Uma pausa dramática se seguiu. Mas Raul – quem mais podia ser? – respondeu:

– Eu não sei o que esperar da vida. O senhor tem alguma ideia?

– Ideia... ? – estranhou ele.

– Sim, se estamos errados, o que devemos fazer?

Decerto ele não esperava esta resposta, porque ficou olhando para Raul, incrédulo.

– Ora essa! – respondeu, finalmente. – Estudar, trabalhar!

– Nós já estudamos bastante. E aos sábados?

– Por que vocês não jogam bola, como os moleques da sua idade? – insistiu, com o mesmo tom indignado.

– Vou dizer uma coisa – disse Raul. – Essa turma que joga bola, depois enche a cara de cerveja. Eu mesmo vi.

O pai de Bola ficou imóvel, olhando friamente para Raul:

– Estou começando a perceber quem dá o mau exemplo aqui.

– Desculpe, mas eu não preciso dar exemplo para ninguém. Minhas costas não são tão largas assim.

O pai do Bola começou a ficar irritado e vermelho, exatamente como Bola ficava:

– E quem é que dá a ideia, insolente? Quem é o cabeça, aqui?

– Eu não sou.

– E de onde vem essa ideia de beber porcaria? Como é que vocês foram inventar esse mau costume?!

O tom enfático fez com que ficássemos em silêncio. Mas Raul, depois de uma pausa, voltou a arriscar:

– Pensando bem, acho que se nós bebemos é para ser como vocês, adultos. Vocês não bebem? Então o exemplo vem de cima. E, se fazem isso, deve ter algum bom motivo. Sabe como é, assim nos sentimos mais velhos, independentes. Agora que o senhor falou cheguei a essa conclusão. O senhor, por acaso, não bebe?

O pai do Bola ficou ainda mais vermelho:

– Sabe de uma coisa? O que eu devia era... – levantou a mão.

– Me bater? O senhor não é meu pai.

– Pois é isso que falta a você, moleque. Um pai que te ensine, que te dê umas boas chineladas. – e dizendo isso pegou Bola pelo braço e o arrastou para fora do clube.

Pela primeira vez alguém tocava no fato de Raul, desde pequeno, não ter pai.

– Você desrespeitou o pai do Bola – disse Fino, depois de uma longa pausa.

– Não desrespeitei ninguém.

– Como não? Respondeu, desacatou!

– Só falei a verdade. Estou cansado de ser culpado de tudo! Parece até que todo mundo é santo.

A discussão seguiu nos dias subsequentes. O pai de Bola exigia que acabássemos com o clube, e o tio do Bola, dono do terreno, não sabia que decisão tomar. Diziam que o clube tinha virado um antro, até mesmo com prostitutas. E Fino insistia que Raul não respeitava mais ninguém, que era um revoltado! Diante dos fatos, segundo ele, só havia uma solução.

– Que solução? – perguntei.

– Votar imediatamente a expulsão de Raul – disse Fino.

– Você está brincando – reagi, incrédulo.

– Não estou, não – disse Fino. – Daqui a pouco vamos ser proibidos de pisar aqui.

– O que ele fez de tão errado? Todo mundo aqui sempre bebeu e fumou quando quis.

– Ele brincou com fogo.

Eu protestei, bati o pé, mas foi inútil. Tentei convencer Bola, reservadamente, mas ele apenas respondeu:

– Grande coisa. Você sempre concorda com o Raul.

– Eu? – estranhei. – E as vezes em que eu dei razão a você?

– Foram tão poucas que eu nem lembro.

A cara magoada do Bola mostrava que ele trazia esse pensamento havia muito tempo. Foi uma surpresa. Talvez isso viesse desde a infância, quando eu de fato era mais próximo de Raul.

A votação foi feita. Fino e Bola votaram pela expulsão, eu votei contra. Dois a um. Assim que Raul veio ao clube, Fino comunicou a decisão.

– Tudo bem – disse Raul. – Não vou mais atrapalhar vocês.

Raul pegou suas coisas, saiu silenciosamente. Eu senti um grande aperto, e também vontade de irromper, brigar, dizer que estava do seu lado. Mas não disse nada. Ele devia saber que eu tinha votado contra a expulsão. Mais tarde teríamos a oportunidade de conversar.

Mas ainda pensava nas palavras de Bola: "você sempre concorda com Raul". Teria ele razão? Será que, por amizade, eu não conseguia ver os erros dele? Será que Raul tinha realmente extrapolado?

O clube se esvaziou, e tivemos as provas, os preparativos para a formatura. Minha mãe me proibiu de sair de casa. Queria que eu terminasse o ano com as melhores notas da classe.

E a formatura finalmente chegou. No pátio iluminado do colégio, nós, os alunos, de calça azul e camisa branca, conversávamos sobre os anos passados ali, como se já estivessem distantes. Os pais permaneciam sentados em cadeiras ao ar livre, esperando a cerimônia.

Como tinha passado rápido! De repente éramos quase adultos. Olhando em volta eu me lembrava das brigas, da correria sobre os pedregulhos... E de repente, eu vi. No canto, alguém encostado.

Não era possível! Mas era ele!

Eu me aproximei. Raul estava ali, junto ao prédio principal. Quase indistinto, sob a sombra.

– Raul!

– Como está, Carlo?

Ele tinha o cabelo mais comprido, usava as roupas de sempre, talvez mais desgrenhadas. Eu senti uma espécie de medo, não sabia o quê, alguma coisa se agitava em mim.

– Que surpresa.

Ele me olhava, sem pressa de dizer alguma coisa. O contraste entre nós, entre nossas roupas, saltava aos olhos. O que estaria fazendo ali? E por que aquelas roupas? Tive vontade de fazer mil perguntas, mas apenas falei:

– Tirei o segundo lugar da classe, vou ler uma poesia.

– Parabéns – disse ele.

Raul tinha os olhos distantes, apagados. Olhando em volta, disse:

– Lembra-se do nosso esconderijo? Ficava ali naquele canto.

Por que teria vindo?, eu pensava, sem ousar perguntar. Por que aparecer ali, na formatura, com aquelas roupas? A escola em que havia passado tantos anos, e que o havia expulsado.

– É verdade, o esconderijo... – repeti.

Teria ele coragem de interromper a cerimônia com um gesto de repúdio, por vingança? Eu bem sabia que ele não tinha dificuldade em desafiar os mais velhos, em dizer em voz alta o que pensava. Estaria ali para isso?

– Nossa ideia de um acampamento nunca se realizou – disse ele.

– É verdade... – falei, me lembrando.

Naquele momento percebi que eu não podia ser como Raul. Pois tinha medo de que estragasse a cerimônia, estragasse aquele momento que, pelo menos para nossos pais, era especial. Tive vontade de pedir que não fizesse nada, mas como dizer isso?

Ficamos nos olhando e falei, de impulso:

– Eu não queria que você saísse do clube – disse, tentando esclarecer um assunto não esclarecido. – Votei contra, mas eram dois contra um. Pretendia conversar com você a semana que vem.

– Eu sabia que podia contar com você.

O que havia naquele olhar distante? No pátio, eu via os alunos se perfilando para a cerimônia; o padre havia chegado.

– Preciso ir – falei. – E você?

– Vou ficar um pouco. Pode ir, não se preocupe.

Voltei para o pátio. Não se preocupe, ele dissera, mas eu estava preocupado. Será que planejava fazer alguma coisa? Tirei o segundo lugar, disse, e ele respondera "parabéns". Com ironia? Durante a cerimônia fiquei segurando a fita azul da classe B, e na hora de ler a poesia tropecei em duas palavras.

Fino foi o último a falar. Ergueu uma rosa vermelha no ar, e disse que queria oferecer essa rosa a sua mãe, e a todas as mães presentes. Às mães que tinham nos alimentado, apoiado e orientado sem nada exigir! Às mães que nos seguiam e nos desviavam dos perigos. Às mães que, com sua atenção, nos faziam chegar ao final desse ciclo. E como poderíamos agradecê-las? Estudando, respondeu, e nos tornando homens verdadeiros.

Minha mãe foi uma das mais entusiasmadas ao aplaudi-lo. A cerimônia acabou, e olhei em volta. Procurei, mas Raul não estava mais ali.

Durante o jantar de comemoração, com meus pais e tios, mal prestei atenção ao que diziam.

O jantar se encerrou com um brinde. Voltamos para casa, e eu sentia que havia um silêncio incomum.

Meu pai se sentou na sala, e eu podia adivinhar que ia dizer alguma coisa.

– Muito bem – disse ele. – Agora temos que decidir seu futuro.

Eu não estava entendendo nada: que futuro?

– Você se formou com ótimas notas, está de parabéns. A questão é saber em que colégio vai estudar agora.

– Como assim? E o Arquidiocesano?

Meu pai fez uma cara de desaprovação; só nesse momento eu percebi como tinha envelhecido nos últimos anos.

– Não é bom o suficiente. Não garante que você vá entrar na faculdade. Agora você vai estudar na capital.

– Mas...

– O colégio já aceitou a sua matrícula, porque você foi o primeiro da classe.

– O segundo.

– Aqui não tem colégio tão bom quanto esse. É o seu futuro que estamos levando em conta.

Minha mãe entrou na sala, e os dois olharam para mim como se o assunto já tivesse sido decidido entre os dois.

– E onde eu vou morar?

– Com a sua tia, claro.

– Não sei se vou querer, pai.

– Dessa vez não tem querer. Você já sabe o que vai ser?

– Não.

– Por isso mesmo. Sem um bom colégio, você não entra em faculdade nenhuma, e as melhores estão na capital.

Eu já sabia que não adiantaria argumentar. O tom de voz, a firmeza do meu pai indicavam tudo. Se eu estivesse decidido a fazer alguma coisa, poderia bater o pé. Mas meu horizonte ainda era o colégio que havia acabado de deixar, o clube, o futuro era uma palavra solta, o futuro na verdade não existia.

Eu estava sendo empurrado em direção a ele. Talvez não houvesse alternativa. Talvez, se dependesse de mim, minha vida teria parado ali mesmo.

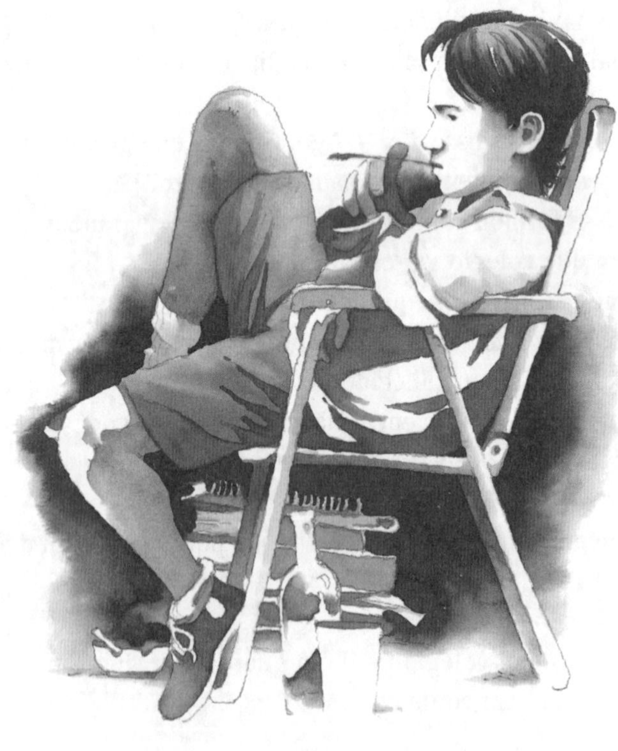

Parte três: A capital

20

O colégio escolhido por meus pais era diferente de todos os colégios que eu conhecia. No primeiro dia um professor avisou: estudaríamos agora para não estudar na véspera do vestibular. Quarenta aulas por semana, fora trabalhos e provas.

Pouco tempo sobrava para conhecer alguém. Eu observava os que estudavam comigo, mas sempre a distância.

Havia os riquinhos. Alunos que chegavam de moto, de motorista, até dirigindo. Aquelas roupas me faziam pensar que estavam sempre indo para uma festa.

– Nós vamos ao *shopping* – disse-me um dia uma menina desse grupo. – Quer ir com a gente?

– Eu? – estranhei. – Não posso, tenho um... compromisso.

– Que pena...

Ela pareceu decepcionada. Afastou-se, e eu ainda falei:

– Mas na próxima eu vou!

Ela fez um leve gesto de despedida.

Droga! Por que tinha recusado? Certamente porque não tinha uma calça Fiorucci nem aqueles chaveiros pendurados.

"Mas na próxima eu vou." Que frase ridícula! E ela certamente não tinha acreditado. Pudera. Nem eu acreditava que poderia ir com eles. Era muito caipira para isso.

Mas a situação me incomodava. Voltei para a casa de minha tia, jurando para mim mesmo que da próxima vez seria diferente. Podia não ser fácil, mas tinha de começar de alguma maneira – já que, depois de meses, ainda tinha a sensação de não ter começado.

Eu ficava observando, esperando uma oportunidade para agir com naturalidade. Vez ou outra encontrava a menina, e dizia "oi". Às vezes chegava até a dizer "tudo bem?"

Até que a oportunidade surgiu. Percebi que ela e seus amigos estavam marcando de sair. Ao fim da aula, me aproximei:

– Tudo bem?

– Tudo bem.

Estava no rumo certo! Era só dar a chance para ela me convidar:

– Ainda bem que amanhã não tem prova – falei.

– Amanhã? Mas nunca teve prova na quinta.

– É que... – eu me atrapalhei. – Amanhã é quinta? Puxa, pensei que já fosse sexta.

– Distraído.

– Estou estudando demais. Estou com a cabeça cheia.

– Vamos para um *snack-bar*. Se você quiser...

Ufa! Por pouco não tinha dado errado. Mesmo sem saber o que era *snack-bar* eu já seguia com eles, e numa avenida movimentada pegamos um táxi.

Éramos três caras e quatro meninas. Foi com naturalidade que entramos no restaurante e o *maître* nos levou até a mesa. Estava eufórico! Tudo era tão fácil, no fim das contas!

Susto levei ao ver os preços. Tudo caríssimo. Pedi o lanche mais barato. Os outros, distraidamente, pediram *milk-shakes*, os itens mais caros.

Conversavam sobre pessoas que eu não conhecia. A menina tentava me explicar, mas na maior parte do tempo eu só escutava. Era um tal de Lima, outro tal de Galucci – para mim essa história de chamar alguém pelo sobrenome era novidade.

– Olha aí, pessoal. Vamos rachar?

Todos concordaram em rachar a conta, e a menina (qual era mesmo seu nome?), um tanto preocupada, olhou para mim:

– Desculpe, não passei no banco. Você paga para mim?

– Cla... claro.

Meu medo era não ter dinheiro suficiente. Foi com ímpeto que abri a carteira para constatar que dava, em cima. Como se tivesse adivinhado!

Fora do restaurante, eles se indagavam:

– Está cedo. Que tal um boliche?

Em silêncio, eu podia prever que tudo iria se repetir! E agora?

– Desculpe, mas eu...

O mais difícil era inventar uma desculpa. Não sabia mentir.

– Preciso voltar para casa, porque...

Eles me olhavam.

– Minha tia está me esperando. É um aniversário de família.

O aniversário era verdadeiro, só que já tinha acontecido. O alívio foi a melhor sensação da noite. Peguei um ônibus e voltei para casa, feliz por estar economizando. Em menos de duas horas tinha gasto o orçamento da semana! E a tal menina? Nunca mais conversei com ela. Não é à toa que não lembro seu nome.

Entre os alunos havia também os mais pobres, ou que pelo menos se vestiam como se não tivessem dinheiro algum: sandálias, calças amarrotadas, camisas de algodão.

Às vezes se sentavam pelos cantos, ou no gramado, tocando violão. Eu ficava à parte; não me imaginava cantando no meio de todo mundo.

– Para que serve isso?

– Tu amarra assim, e faz assim.

A menina de tranças queria me vender uma pulserinha de fios trançados. Aceitei para não parecer antipático.

– Faz um pedido – disse ela.

– Já fiz – respondi.

– Qual?

– Isso é segredo.

A resposta deve ter parecido interessante, porque ela me olhou com um sorriso malicioso. Talvez isso tenha ajudado a nos darmos bem.

– E aí, cara? – dizia ela, quando me encontrava nos corredores.

– Tudo bem, e você?

Esse jeito expansivo, esse olhar atento me deixavam sem graça. Será que ela estava interessada?

Um dia ela me levou até o tal grupo que tocava violão.

– Gente, esse é o Carlo.

– Fala aí, carinha.

– Tudo bem, e aí? – respondi.

Eu já me sentia quase integrado. "E aí? E aí?" Era preciso ser o mais espontâneo possível.

Começamos a cantar. Não estava tão à vontade, mas tentava pegar a letra: "Vi tanta areia, andei..."

– Gente, não acredito – disse um deles, olhando para mim.

– O que foi? – perguntei.

– Você é a cara do Farinha. Vocês não acham?

Alguns concordaram, outros não, que eu era a cara do tal "Farinha".

– Mas é ele escrito. Até o jeito de cantar, assim, meio fino.

– Fino? – estranhei.

– Não liga, não – disse a menina. – É que tua voz está mudando.

– Sério? Mas... – Aos quinze anos, eu não tinha muita consciência da minha voz. – E onde está esse tal de Farinha?

– Infelizmente, morreu. Estava muito chumbado, foi atropelado.

– Chumbado?

– Gente, vamos mudar de assunto? – disse a menina. – Ninguém sabe direito o que aconteceu.

Continuamos cantando alegremente. Fiquei encafifado, só imaginava o que havia acontecido – será que corria algum risco?

E sempre que a encontrava nos corredores eu ficava sem graça, até porque ela era alta, quase da minha altura.

– Tu não sabe, está pintando uma festa – disse ela. – Na próxima sexta. Está a fim?

– Na próxima sexta? Bem, eu... – A má experiência de recusar convites ainda estava presente. – Claro, na sexta estou pintando lá.

Que tipo de festa era essa só podia imaginar. Seria o caso de arranjar sandálias, ou batas artesanais? Todos eles se vestiam assim.

Com a sandália do meu falecido tio eu a encontrei numa esquina. Só que ela estava surpreendentemente chique. Ou melhor, chique no seu estilo: o cabelo trançado com conchas, o vestido rendado e transparente (sem sutiã!), um sapato sem salto, cheio de miçangas. Aquela minha sandália preta, na verdade, tinha um ar fúnebre que não combinava nem um pouco.

Pegamos um ônibus. A minha calça velha, a minha camisa solta haviam de não chamar a atenção, pensei.

A tal festa não ficava muito perto. Era um bairro afastado, e a casa um tanto simples. A vantagem era o terreno grande, onde os convidados se espalhavam, alguns descalços.

Os grupos se sentavam em almofadões. Ouviam música nordestina, que naquela época fazia sucesso. Dançavam lentamente e com movimentos harmoniosos. Eu me surpreendia ao ver como eram contidos, ao contrário do que tinha imaginado; talvez a dança fosse para eles uma espécie de transe.

— Você dança? — ela me perguntou.

— Na verdade... não. Não nesse ritmo.

Se pelo menos tocassem as músicas do inferninho...

A turma do colégio estava ali. Sentamos todos em uma roda, e de repente começaram a fumar — não, eu não estava enganado. O cheiro não enganava. O fato de passar o cigarro um para o outro também deixava evidente: era um daqueles tão falados cigarros de maconha.

Felizmente eu já tinha preparado uma desculpa, até mais de uma.

— É melhor não — falei, quando o cigarro chegou a mim. — Estou tomando um remédio para bronquite.

— Que é isso, cara — disse a menina, próxima. — Relaxa.

Ela tinha um jeito tão natural que resolvi ser sincero:

— Na verdade não estou acostumado.

— Eu também não estava — disse ela, sorrindo. — Não grila.

Incentivado por aquele sorriso, resolvi tentar:

— Chega — falei, depois de duas tentativas.

— O que é isso? Tu nem prendeu a fumaça. Nunca fumou, não?

— Já fumei, claro, mas cigarro comum.

— Dá quase na mesma.

Segui em frente. Uma, duas, três vezes. E não é que aquele ambiente que parecia estranho se transformou? Todo mundo ficou mais ligado. A música se intensificou, lembrando-me as noites mais animadas do inferninho.

Resolvemos dançar e a última coisa que eu me lembro é que não parava de dançar de jeito nenhum. Joguei as sandálias de lado, depois a camisa, pois estava calor. O que importava para mim era a animação! Por que eles não se animavam também?

Os amigos da escola, que no início achavam graça, começaram a me mandar calar a boca. Mas a partir daí eu já não me lembro de nada.

Acordei enjoado no dia seguinte na casa de alguém. Eu me espantei, e ainda mais com o horário: uma da tarde!

– Onde é que eu estou?

– Calma. Nós já ligamos para sua tia, ela vem te buscar – disse uma senhora.

– Mas que lugar é esse?

– Casa do Mel. Você não é amigo do Mel?

– Cla... claro.

– Ele teve que sair. Mas é melhor pôr uma camisa dele, porque a sua está cheirando a vômito.

Eu nem lembrava direito qual deles era o Mel. Na verdade, eu havia me confundido desde o princípio, pois quando alguém dizia "e aí, Mel?", eu entendia "e aí, meu?".

Voltei com minha tia e, apesar de dizer que tinha apenas "bebido demais", tive de ouvir recomendações o dia inteiro. Minha mãe ainda ligou para dar bronca. Imagina se soubessem a verdade!

Quanto àquela menina *hippie*, não tive mais coragem de conversar com ela. A lembrança do escândalo me deixava morto de vergonha. Mas ela também já não parecia interessada: quando não estava com amigos passava o tempo trançando pulseiras.

21

Por mais que tivesse me esforçado, terminei o primeiro semestre com três recuperações. E o segundo, com cinco. A família ficou em choque. O filho que passava nos primeiros lugares estava em vias de tomar bomba.

Dificuldade de adaptação? Revolta, por estar cursando um colégio que não tinha escolhido? Crise de puberdade?

Um pouco de tudo, mas ninguém percebeu o óbvio: aquele colégio era muito mais difícil que o anterior.

– Você precisa se dedicar.

Como se eu não me dedicasse! Assim, era preciso inventar aulas particulares, cortar as férias, tudo para que eu não repetisse de ano.

– E se eu repetir?

– Você nunca faria essa desfeita para seus pais.

E o mais difícil era perceber que eu não estava no meu lugar. A lembrança da minha cidade, do clube, voltava sempre. Agora eu via que a melhor fase da minha vida tinha ficado para trás.

São Paulo era diferente. Era preciso fazer parte de um grupo, agir como o grupo, ser igual a eles. Será que conseguiria, um dia, ser assim? E de que grupo faria parte?

Tinha um certo prazer em pensar na decepção que causaria se não passasse de ano. Talvez até me tirassem do colégio. E quem sabe eu poderia... voltar.

Acabei passando por um triz. A rotina dos estudos, então, continuaria inalterada. Só de vez em quando poderia voltar para casa.

Mas, a cada vez que voltava, não encontrava ninguém.

O clube havia se transformado num galpão para a estocagem de telhas, tábuas, sacos de areia.

Bola estava morando em outra cidade. Seu pai queria que fizesse um curso técnico e virasse contador. Fino viajara para os Estados Unidos, provavelmente faria faculdade lá.

E Raul? Diziam que também tinha ido para São Paulo. Mas sua mãe não morava mais na nossa cidade. Por mais que perguntasse, e eu sempre perguntava, nada descobria.

– Agora o importante é passar no vestibular. E cursar uma boa faculdade, de preferência.

Começava o último ano do colegial. "Boa faculdade" era equivalente a faculdade que não acarretasse despesas, já que as melhores faculdades eram (e ainda são) públicas.

No colégio, havia uma menina que, como eu, vivia às voltas com provas e recuperações. Chamava-se Luciana. Aparentemente não tinha muitos amigos, e resolvemos estudar juntos. Eram conceitos de matemática que ela me explicava:

– Sempre tive cabeça para resolver problemas.

Em compensação, eu lhe ensinava português:

– Sempre fiz muita palavra cruzada.

Um dia emprestei-lhe o livro *Para viver um grande amor*, do Vinícius de Morais – sem pensar, pois me arrependi um minuto depois: o que ela poderia interpretar? Mas ela o devolveu dizendo apenas que era "muito bem escrito".

Emprestou-me *A história de Cândido urbano urubu*, do Carlos Eduardo Novaes, e eu lhe devolvi dizendo que era "muito engraçado".

Continuamos assim muito tempo. Haveria aí alguma coisa, ou só imaginação? Ela tinha o cabelo castanho, não era muito alta, usava camisetas justas, que às vezes me deixavam até sem graça.

— A prova na sexta vai ser difícil — disse ela. — Por que você não vem estudar em casa?

Esse convite me pegou desprevenido. Estudar na casa *dela*?

— A que horas? — perguntei.

— Depois do jantar. Lá pelas oito...

Com que roupa ir? Um encontro assim à noite dava o que pensar. Será que deveria levar um presente? E os pais dela, estariam rondando?

— Boa noite — ela me disse, abrindo a porta e deixando que eu, de camisa branca, entrasse. — Você está chique!

— Você também.

Na verdade, ela estava vestida como sempre, de camiseta apertada, *jeans*, tênis e rabo de cavalo. Sua mãe apareceu:

— Podem estudar sossegados — disse, apontando a sala de jantar. Inevitavelmente, pensei: será que a mãe dela *deixava*?

Sua camiseta deixava entrever formas arredondadas. A curva do pescoço e do ombro, que ficavam evidentes com o cabelo preso de um jeito engraçado.

— Seu cabelo está engraçado — falei.

— Por quê?

— Parece um... espanador.

Para minha surpresa, ela riu:

— É possível, Carlo. Quando era criança, meu cabelo parecia uma fonte espirrando água. Mas vamos estudar — disse com um tom prático.

Esse mau começo foi esquecido com as escolas literárias, cujas características tentávamos decorar:

— O Romantismo se caracteriza pela idealização da mulher amada — expliquei. — Os poetas tinham suas musas inspiradoras, mas sempre havia um obstáculo que impedia a aproximação.

— Que obstáculo? — ela perguntou.

— A sociedade, a família...

— Por que eles não enfrentavam esses obstáculos?

— Sei lá — respondi. — Nunca dava certo. E eles terminavam morrendo, ou se matavam.

— Que coisa mais absurda!

Sentados os dois, lado a lado, eu podia sentir seu cheiro. E o que ela queria dizer? Que eu enfrentasse os obstáculos?

– De qualquer forma – falei – era melhor do que no Arcadismo. Naquela época, eles faziam poesias para mulheres que não existiam.

– Não existiam, como?

– Não existiam. Eram inventadas. Marília de Dirceu era um nome inventado.

Ela fez um ar de reprovação:

– Não é à toa que eu vou mal em literatura.

Não soube o que dizer. Mas resolvi, pela primeira vez, ser ousado:

– Quer que eu te passe cola?

– Oh, não, não dá certo. – Ela fez um ar triste. – Se fosse matemática, tudo bem. Mas em português dá para ver que as respostas são iguais.

Eu queria sugerir que ela *parafraseasse*, mas não tive coragem.

A noite acabou sem maiores riscos. Estávamos cansados de tantas literaturas.

– Tenho a impressão de que todas elas estão embaralhadas na minha cabeça – disse ela. – Mas tudo bem, nós tentamos.

Tentamos!, ela dizia. Mas eu achava que, apesar de criticar os poetas e os amores impossíveis, ela não fazia muito – ou nada – para que algo acontecesse. Será que a crítica trazia uma mensagem cifrada?

– Por que nós não... saímos com o pessoal na próxima semana? – sugeri. – Fiquei sabendo que eles vão a um bar.

– Boa ideia – disse ela, abrindo os olhos, e pela primeira vez tive a certeza de ter falado a coisa certa. Peguei um táxi com a certeza de que na próxima semana a boa ideia se concretizaria.

Naquele dia, porém, a coisa foi diferente. Havia muita gente, era um bar com mesas na calçada. Todos bebiam cerveja. Uma menina simpática de cabelo cacheado me ofereceu batatinha, e Luciana ficou emburrada.

– Algum problema? – perguntei.

– Não – respondeu Luciana. – É que eu não conheço ninguém.

– Mas as pessoas são simpáticas.

– Nem com todo mundo.

Que ela tivesse uma reação de ciúmes, me deixava cheio. Cheiíssimo. A menina de cabelos cacheados só tentava ser natural, mas Luciana parecia não gostar nem que eu lhe dissesse *obrigado*. Eu já estava a ponto de estourar, mas nessa confusão dois caras se aproximaram de nós.

– Raul! – eu gritei, pulando da cadeira. – Quanto tempo!

Ele também estava surpreso, embora tivesse me reconhecido antes.

– Você não mudou nada – ele disse, satisfeito.

– Eu cresci – respondi.

Sim, eu havia crescido, e Raul havia crescido mais ainda, tínhamos a mesma altura. Ficamos nos olhando: ele havia perdido o ar de menino, embora o cabelo ainda estivesse um pouco comprido, e a aparência fosse rebelde. Usava uma camisa de flanela, e uma jaqueta *jeans* disforme.

– Vocês se conhecem? – perguntou o conhecido de Raul.

– Claro – disse Raul. – Há muito tempo.

As apresentações foram feitas, e a conversa retomada. Como eu, ele também achava difícil se adaptar à cidade grande. Mas no tocante à sua vida e seus interesses, Raul fez um silencioso mistério:

– Podemos sair um dia desses – ele disse. – Conversar.

Eu realmente esperava a oportunidade. Quando ele se foi, ainda estava sob o efeito da surpresa.

– Quem é ele? – Luciana perguntou.

– Um velho amigo de infância – respondi. – Meu melhor amigo.

Tive a certeza de que agora as coisas estavam no rumo certo. Começava a conhecer pessoas, e reencontrava Raul! Era como se os bons tempos pudessem voltar. Mas, quando conseguimos nos falar por telefone, ele mais uma vez foi misterioso:

– Podemos ir aonde você quiser. Mas quero te mostrar um lugar.

– Que lugar?

Raul desconversou. Eu estava surpreso com tudo, e esse tom reservado, distante, me dava a impressão de que ele havia mudado muito.

Quando nos encontramos, tivemos tempo para mais uma vez nos admirar com a passagem do tempo. Sugeri um bar, e ele lembrou:

– O bar fica para depois.

Não havia alternativa a não ser deixar-me levar. O “lugar” era um prédio feio, onde paramos na porta.

– E aí, Zé? – disse uma menina.

Zé?, estranhei. Desde quando Raul era Zé? E eles haviam piscado o olho, ou era impressão minha?

Entramos, e havia muita gente aglomerada em um salão. O debate foi aberto. Imediatamente, antes que eu pudesse entender qualquer coisa, as pessoas começaram a falar em voz alta, como se quisessem ganhar uma discussão.

– Estão barrando direitos legítimos da classe estudantil!

– Quatro estudantes foram presos!

– Abaixo a ditadura!

Falavam com ímpeto. Mas aparentemente todos concordavam com todos, e portanto eu não entendia por que tanto empenho, tanta exaltação.

– Os estudantes estão unidos à classe trabalhadora e agora...

– Vamos entrar em greve de uma vez!

Por mais que concordassem entre si, um cortava o outro.

– Por que afinal os militares têm tanto medo de nós?

– Simples: porque nós não temos nada a perder.

– Nem carro, nem bens, nem as vantagens da burguesia!

– Nem trabalho, nem dinheiro – disse um que estava silencioso.

– Não é bem assim, companheiro. Muitos aqui trabalham para se sustentar.

– E os estudantes de medicina? Esses não podem trabalhar, simplesmente porque não dá tempo.

– Os estudantes deveriam exigir uma mesada do governo, isso sim.

– Apoiado!

Nesse momento, o grande grupo que parecia coeso se desfez em facções.

– Um momento, por favor. Questão de ordem! – disse uma moça morena, que aparentemente era uma líder natural.

Os discordantes ainda debateram um pouco, mas a discussão cedeu.

– Estou inteiramente de acordo – disse ela – que os estudantes merecem pensão, comida e casa do governo. Mas o momento é delicado. Os companheiros trabalhadores que ameaçaram greve foram reprimidos. Chegou a hora dos estudantes assumirem o comando de todos os setores insatisfeitos com o governo, mas a questão é saber como!

– Fazer panfletagem não dá mais. Quatro estudantes foram presos.

– E voltamos para casa com o rabo entre as pernas? O que não dá é ficar escondido, com medo de que eles arranquem nosso pirulito.

– Apoiadíssimo, companheira!

A discussão recomeçou, e muitos eram os apartes, as questões de ordem. Ficou resolvido que se encontrariam de novo para resolver tudo aquilo.

A maior surpresa não foi o debate político, mas perceber que, no seu transcorrer, uma menina se aproximou e ficou com Raul. Ficaram próximos, de mãos dadas. Eu tinha vontade, vez ou outra, de chegar até Raul e fazer perguntas, mas vendo os dois juntos achei melhor não.

– Esta é minha companheira, Lena – disse ele. – Este é meu amigo, Carlo.

– Nome de guerra? – perguntei.

Os dois riram, e eu me afastei. Estava mais que surpreso. A maneira como conversavam, aparentemente sobre política, estava além da minha compreensão. A relação dos dois tinha algo de compromisso sério.

– Vamos sair! – disse Raul.

– E sua namorada? – perguntei.

– Mais tarde.

Aparentemente Raul havia manobrado para conversarmos a sós. Guardei meus pensamentos em silêncio. À mesa de um bar, foi ele quem começou:

– O que você achou de tudo?

– Bem...

Eu me sentia constrangido, e nem sabia exatamente o porquê.

– Não sei – respondi por fim. – Arriscado, talvez.

– Arriscado? Você não acha isso importante?

– Não entendo muito. Por que esse clima de... conspiração?

– Porque estamos na clandestinidade! Eles não toleram reuniões ou atos públicos de estudantes.

— Eles quem? — estranhei.

— A polícia, o governo. A UNE foi fechada já faz muito tempo.

— E o que vocês têm a ganhar com isso?

— Muita coisa! Os militares estão se enfraquecendo, o povo está tomando consciência. A ditadura pode ser derrubada.

— Isso é impossível — falei. — Como é que simples estudantes...

— Carlo, isso é real. Eles têm medo dos estudantes.

— Mas se eles estão no poder...

— Ninguém fica no poder para sempre — afirmou Raul.

— E quem vai tomar o poder? Vocês? — perguntei, com ironia.

Raul me olhou com estranheza, e desviei o olhar. O conflito surgia entre nós, e nem eu mesmo sabia por que falava daquela maneira.

— Os estudantes são o setor mais informado da sociedade — disse ele, pacientemente — e podem ser decisivos nessa batalha.

— Não sei, não sei... — respondi, vagamente.

— O movimento estudantil está renascendo, Carlo! — disse ele, com ímpeto. — Até mesmo eleições diretas podemos ter em breve no Brasil!

— Isso é ilusão.

Mais uma vez, o silêncio constrangido caiu entre nós. Era o mesmo Raul de antes, ou apenas um rosto familiar? Eu não entendia de política, mas sabia que a repressão existia. Eles se arriscavam ao fazer essas reuniões.

— E por que você está tentando me convencer? — perguntei.

— Isso é óbvio. Você não tem vontade de entrar para o movimento estudantil?

Sim, era óbvio, mas eu preferia ver as coisas de outra forma. Aquele encontro com Raul havia acendido uma chama. Se a amizade do passado fosse retomada, tudo seria mais fácil.

— E o vestibular? — perguntei.

— Vou prestar no fim do ano. Arquitetura. E você?

— Estou em dúvida — confessei. — De qualquer forma, é preciso estudar muito, eu não vou ter tempo.

— Sempre sobra um tempinho.

E Raul ainda tentou me convencer do ideal que unia todos aqueles estudantes. Explicou que havia entrado no movimento aos poucos, e que aí conhecera Lena, a namorada, que cursava jornalismo.

– Então ela é mais velha que você – falei.

– É – disse ele, com cara de menino. – Um ano...

E logo continuou:

– Entrar no movimento foi a melhor coisa da minha vida. Se você entrasse...

Se eu entrasse, minha vida mudaria muito. Mas ele tinha um motivo especial para participar do movimento.

– Você sempre levantou a voz, sempre se rebelou – falei. – É o seu jeito. Não sei se eu poderia...

Ficamos nos olhando, como se a amizade, a infância, pudessem retornar imediatamente.

– Posso te perguntar uma coisa? – falei.

– Claro.

– Como é que vocês... começaram a namorar?

– Como assim?

– Como tudo... começou?

Eu estava sem graça e ele já estava rindo.

– Não há uma maneira estipulada, Carlo.

– Mas como aconteceu?

Ele concedeu, tentando falar sério:

– Começamos a nos olhar. Ela parecia estar preocupada com outra coisa, mas eu insistia. Nesse olhar havia várias coisas subentendidas, claro.

– Que coisas?

Por pouco ele não riu de novo.

– Uma coisa quente. Ou mágica. Como se um olhar ficasse preso ao outro.

– E depois?

– Carlo, assim não dá! O que mais você quer?

– Só quero saber o que você disse, só isso.

– Bem... Depois daqueles olhares, ela já estava interessada. Aí eu disse "e aí?"

– "E aí"?

– Aí falamos de política.

– Vocês só falaram de política?

– Acho que sim. – E emendou, malicioso: – Se você entrasse... Que tal participar da próxima reunião?

– Não sei, Raul. Preciso pensar.

Na verdade eu estava pensando em mim mesmo. Agora entendia a diferença. Comigo não aconteciam olhares com coisas subentendidas. Não ia direto ao ponto, rodeava sem achar o gesto certo. E ainda tinha dado a Luciana o livro *Para viver um grande amor*. Que ridículo!

Voltei para casa. Pensava em tudo aquilo, quando minha mãe me telefonou:

– Ouvi dizer que tem movimento estudantil aí em São Paulo. É verdade?

– Estudantil? Não sei – respondi com surpresa.

– Cuidado, Carlo. Por qualquer coisa estão levando estudante preso. Não vá entrar nessas histórias, pelo amor de Deus.

– Não sei por que você teve essa ideia.

Desliguei o telefone. Como ela podia ter adivinhado? Será que mandava alguém ir atrás de mim na rua?

Não pensei mais no assunto. De volta à escola, só pensava em mudar de tática com Luciana. Olhares mágicos. Intenções subentendidas. Quentura.

Olhando-a, durante a aula, consegui captar sua atenção. Eu olhava, ela olhava, os olhares se cruzavam. Raul estava certo. Era preciso que, pelo menos, houvesse uma cumplicidade, uma intenção não declarada. Talvez, se voltasse a fumar... Uma nuvem de fumaça poderia criar o mistério.

No fim da aula nos aproximamos:

– O que você estava olhando? – Luciana perguntou.

– Você, ora... – respondi.

– Já sei. Queria falar sobre a prova?

– Mas que prova? – perguntei, confuso.

– Você não está sabendo da prova de amanhã?

Eu não estava sabendo de prova nenhuma: estava no ar.

– Vamos estudar depois da aula? – ela perguntou.

Teria sido uma ótima ideia, se uma amiga dela não tivesse se juntado a nós para resolver um monte de problemas. Ao fim do trabalho, ela sugeriu:

– A gente podia sair um dia desses.

Escaldado por tantos mal-entendidos, respondi:

– Com que objetivo?

– Para conversar, ora – disse ela.

– Sobre o quê?

– Nossa, Carlo, como você está diferente – ela me olhou. – O que aconteceu?

– Nada...

– Você não quer sair?

– Quero – falei. – Desde que seja algo... mais sério.

Um pouco surpresa, ela assentiu. Eu também estava surpreso com essa conversa. Mas no dia marcado outros colegas apareceram.

– É um filme supersério – ela anunciou. – Até ganhou o Oscar.

Todos se animaram para ver o filme "sério" sobre o Vietnã – será que ela não tinha entendido? E, surpreendentemente, havia até uma cena de sexo no meio do drama. Durante essa cena ninguém disse nada, ao contrário dos outros momentos. Depois do filme, numa lanchonete, a polêmica surgiu:

– Eu não faria aquela cena de jeito nenhum – disse uma das meninas.

– Eu faria dentro de um contexto – disse outra.

– Justamente. O contexto do filme não tem nada a ver. Por que numa história de guerra eles têm de mostrar aquilo?

– Para mostrar que a guerra desestrutura a vida das pessoas! Claro!

A polêmica prosseguiu, com a maioria das mulheres contra a cena, e os homens a favor. Quando chegou sua vez, Luciana afirmou:

– Também achei a cena apelativa. Não faria, não.

Não houve tempo para dizer mais nada. Fui embora, irritado com tudo e todos. Falavam em fazer uma cena de sexo como se já tivessem feito muitas na vida! Na frente da câmera, ou atrás dela? E ainda queriam se vangloriar de dizer que não, que era íntimo demais. Que vantagem!

Estava cansado. Tinha vontade de não fazer nada por alguns dias. E agora sentia que o cansaço não era do estudo, mas da própria vida.

Parecia até exagero, mas fechado no quarto, diante da escrivaninha coalhada de livros, era o que sentia: cansado da vida. Não tinha coragem de dizer isso na frente de alguém, mas era verdade.

O que me reservavam os próximos anos? Não conseguia nem mesmo escolher a faculdade. Administração? Direito, como meu pai sugeria? Era incrível, mas, mesmo sem saber, precisava passar em uma delas.

Seria preciso desafiar todos, e não estudar para as provas. Essa idéia me tentava. Mas e depois? Seguiria um rumo incerto, ficaria vagando, para voltar inevitavelmente ao ponto de partida.

Por que a noite demorava tanto a chegar? Eu estava sempre à espera de alguma coisa que nunca chegava. Seria tolo imaginar que essa situação iria mudar rápido. Não eram os fins de semana a solução, nem as próprias semanas, simplesmente porque um me fazia desejar o outro.

E pensava no convite de Raul. Seria essa uma resposta para a minha insatisfação?

Fiquei dias mergulhado em pensamentos, incapaz de continuar com a rotina. Toda a minha vida voltava à tona, as memórias da infância: "Que espécie de homem ele vai ser?", perguntava minha mãe. Nana deixando cair os cabelos pretos, a tentativa de fugir da escola. E o clube.

Só agora percebia o quanto me apoiara em Raul, nas suas iniciativas. Gostava de ver como ele desafiava os adultos. Mas, e agora? Aceitaria seu convite, só para preencher um vazio?

Quando encontrei Raul em um bar, tinha uma resposta:

– Infelizmente, vai ser impossível participar do movimento – falei. – Vou começar o cursinho, não vai dar tempo.

– Será – disse Raul, com vivacidade – que é só uma questão de tempo? Afinal, eu também preciso fazer cursinho...

– Eu sei. No fundo, admito que não é questão de tempo.

Ele ficou me olhando, um pouco surpreso.

– Lembra-se de quando você apareceu no colégio, na noite da formatura do ginásio? – perguntei.

– Vagamente. Faz tanto tempo... Por que se lembrou disso?

– Naquela noite, fiquei apreensivo. O meu grande medo era que você levantasse a voz, tentasse estragar a cerimônia. Uma coisa infantil, talvez, mas era o que eu sentia.

– Medo? – Raul estranhou. – E por que isso era tão importante para você?

– Por mais que gostasse de ver você desafiando os mais velhos, eu não era igual a você. Meus pais estavam lá, eu não queria decepcioná-los. Se algo desse errado, eles ficariam aborrecidos. E, sendo seu amigo, eu me sentiria cúmplice.

– Nesse caso você não seria cúmplice.

– Mas eu me sentia assim. Eu não queria que você fizesse nada, pois aquela noite tinha uma importância, um significado...

– Significado... – disse ele, pensativo. – E qual o significado do movimento para você?

– Seria a mesma coisa. Se entrasse, estaria desafiando meus pais.

– Você se preocupa demais com seus pais, Carlo.

Parei para pensar sobre aquela frase.

– Talvez sim. Mas o que eu realmente quero agora não depende deles, depende só de mim. E eu não tenho essa sua vontade de protestar, fazer movimento – afirmei, olhando-o.

– E do que você tem vontade?

Naquele momento tive a impressão de ficar vermelho.

– De fazer certas coisas... que não fiz ainda. Só isso.

Ficamos nos olhando.

– Bem – disse ele, com ar entendedor. – Temos festas também. Você poderia aparecer...

– Quem sabe.

E Raul foi embora. Mas eu sabia que, por mais que me entendesse, havia ali uma diferença. Era inegável que ele tinha avançado muito mais que eu – ele também tinha percebido. Por mais que eu até quisesse ser como ele, e fazer parte de um movimento, teria de chegar lá sozinho.

Em alguns meses as coisas poderiam mudar. Depois de entrar na faculdade e conquistar mais autonomia, muitas novas possibilidades surgiriam naturalmente.

Continuei saindo com Luciana. Vez ou outra, ficávamos nos olhando em silêncio, sem nada dizer. O que havia no ar? Haveria uma intenção por parte dela?

Mas nossa conversa seguia um rumo próprio, o das aulas, das provas, e nada mais. Questão de tempo? Era a minha última esperança: que aquele ano, com todas as suas impossibilidades, desse a chance de alguma coisa acontecer.

Seguimos para o bar junto com a turma. O mesmo bar da primeira vez, as mesmas pessoas, as mesmas conversas. Para que tudo se repetisse, a menina de cabelos cacheados também estava ali:

– Vocês querem batatinha? – ofereceu. – Vou pedir.

Eu aceitei e Luciana, mais uma vez, recusou:

– Ela mal conhece a gente.

Há uma razão para cada coisa que acontece? Cada gesto, cada palavra, todas as coincidências? Tudo se repetia no bar das mesas na calçada, a única diferença era o frio que caía.

Até que eu vi. Aquele cara, o mesmo que conhecia Raul. Ele ficou sem graça quando me viu. Estava com outras pessoas, não falou comigo. Mas, quando se levantou, resolvi ir cumprimentá-lo. Tínhamos um vínculo.

– E aí? – perguntei. – Tem visto Raul?

– Raul? – se surpreendeu. – Então você não sabe?

– Sei o quê?

Ele me puxou de lado e falou baixo, para que ninguém ouvisse:

– Ele morreu. Foi na manifestação. A polícia reagiu. Uma bala perdida...

As palavras rodaram na minha cabeça: bombas de gás lacrimogêneo, cacetetes, bala perdida... Demorei muito a entender o significado dessas palavras. E mais ainda a acreditar.

– Mas como aconteceu isso? – perguntei, incrédulo.

– Você não sabia que ele participava do movimento estudantil?

– Sabia, mas...

– Faz uns quinze dias. Abafaram o caso. Mas mesmo assim saiu em um jornal. Não deram nome porque ele era menor. Você não viu?

– Não...

Eu não lia jornais. E ainda me parecia impossível que aquilo tivesse acontecido – e saído no jornal. Tudo de maneira tão fria... Mas no fundo eu já sabia que era exatamente assim que a morte acontecia: do nada.

– E por que justamente ele? – perguntei com revolta.

– Azar. E agora querem diminuir a importância da coisa, dizendo que houve baderna, que a manifestação ameaçou a segurança das pessoas.

– Ele era um líder?

– Os estudantes não querem ter líderes. Fica mais fácil prender e reprimir. Mas estão querendo fazer um protesto. Afinal, ele morreu à frente da passeata.

Coragem. Essa era a explicação para tudo? Ele tinha a coragem que eu não tinha? Me veio à cabeça uma frase de minha mãe: Raul nunca se adaptaria à sociedade.

Mas qual de nós estava certo? Eu, que não arriscava nada, ou ele, que arriscava tudo?

Eu demoraria muito a entender o significado de tudo isso, o significado dessa morte. E durante muito tempo Raul apareceu na minha frente repetindo palavras de ordem. Muitas dessas frases vinham da infância, quando ele propunha atividades, tarefas, desafios. Mas agora eu não pensava nada. Sabia apenas que estava distante quando tudo aconteceu. E ele ainda nem tinha dezoito anos.

Naquele momento, prometi a mim mesmo que na faculdade entraria para o movimento estudantil. Mesmo que fosse só para perguntar, entender como aquilo podia ter acontecido. Eu me sentia pequeno, e esse era o único pensamento que me segurava.

Voltei à mesa.

– E então? – disse Luciana. – Vamos para o *shopping*?

– Acho que não... – respondi, absorto. – Vou para casa.

– Achei que você fosse gostar do convite.

Ela tinha uma voz decepcionada. Eu podia sentir a vida correndo, agora em direção ao fim; o tempo tinha encurtado; haveria muitos fatos, mas todos seriam breves e passageiros. As conversas nas mesas dos bares preencheriam um pouco do espaço vazio. Mas... E depois? De repente, eu me sentia velho.

– Desculpe – falei. – Não quero te decepcionar. Você não deve esperar muito de mim.

– Esperar? – ela estranhou. – Como assim?

– No começo – falei – eu imaginava que isso se tornaria um namoro. E agora vejo que foi só amizade.

Ela ficou quieta. E depois falou, de um jeito nada distraído.

– Eu também pensei. Mas...

– Percebi de repente. Espero que não esteja te decepcionando, agora.

– Não – disse ela. – Eu imaginava, mas achava que podia ser... criancice.

– Talvez – falei. – Dos dois lados.

– Preciso ir embora – disse ela. – Não está ficando frio?

E Luciana foi embora com uma amiga. E por que eu não ia embora também? Talvez porque a menina dos cabelos cacheados tivesse me olhado de relance, a distância. Custava olhar de volta? Olhar com atenção? Olhar deixando uma série de coisas subentendidas. Olhar até que um olhar se prendesse ao outro. Uma coisa quente. Ou mágica.

O autor

Vocês devem achar que sou o próprio Carlo, narrador deste livro. Na verdade, não, embora tenha vivido algumas situações parecidas. Nasci, como ele, na década de 1960, só que não no interior, e sim na capital do Estado, São Paulo.

O mundo em que eu vivia era em grande parte imaginário. A capacidade de imaginar coisas, inventar situações, alimentava meus dias: criava cenários de teatro, desenvolvia um enredo, vestia fantasias. Quando havia primos, outras crianças, eu os colocava no meio do cenário, e eles representavam um papel na minha história. Ah, esqueci de dizer que minhas invenções também incluíam *trens fantasmas*, cheios de caveiras e outras coisas deliciosamente horrorosas.

Ler era outro prazer. Das revistinhas a romances policiais, como os de Agatha Christie, minha imaginação corria solta. Era – e é – muito bom poder viajar em situações tão fantasiosas, naquelas histórias mirabolantes do Tintin, por exemplo.

O que eu não sabia é que, paralelamente à *minha* realidade, havia outra realidade mais dura: a política. Aos 14 anos fui a um comício, e descobri o que era, de fato, a repressão, a ditadura, a luta pela democracia. Para se ter uma ideia, ninguém votava para prefeito, governador, presidente... Havia até os chamados senadores "biônicos", que eram indicados pelo regime militar e não queriam perder o poder de jeito nenhum. Fui me conduzindo por entre essas duas realidades. Eu queria manter viva a chama criativa, mas também me interessava pelo que acontecia à minha volta, pois sempre achei que precisávamos reagir, que muitas coisas no Brasil eram inaceitáveis – até hoje são... Assim, fiz Arquitetura, em seguida Teatro, mas sempre mantive o hábito de escrever. De lá para cá escrevi contos, peças, e publiquei o romance *A educação pela espada*, pela editora Ysayama, sobre um jovem que encontra um mestre japonês e começa a mudar sua visão romântica a respeito do mundo. Essa contraposição entre o que sonhamos, idealizamos, e a crua realidade sempre foi para mim algo muito significativo, é desse choque que tirei muitas lições.

Hoje dou aulas de línguas para jovens e adultos. Minhas mudanças na área profissional vêm junto com essa vontade de abrir caminhos, criar novos mundos. Naturalmente, posso realizar essa vontade de forma mais plena através dos livros que escrevo – e acredito que a imaginação e a criatividade têm, sim, um ponto de contato com a realidade que está aí, e podem modificá-la, até mudar seu rumo, se tivermos olhos para ver, ouvidos para ouvir, e cabeça para sonhar.

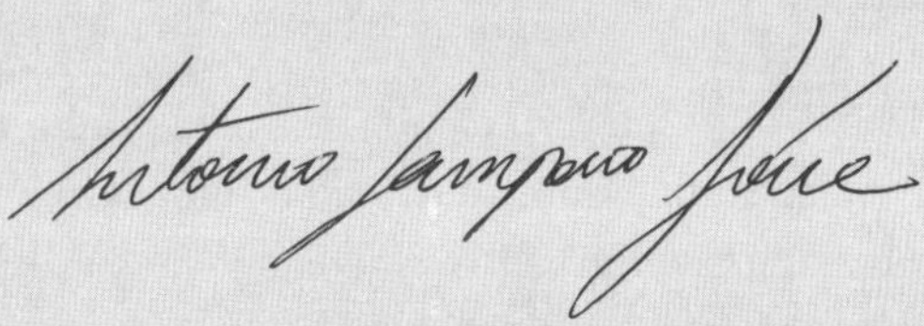

Entrevista

É sempre bom conhecer um pouco mais os autores das histórias que lemos – a experiência da leitura se enriquece. Vamos bater um papo com Antonio Sampaio Dória?

CARLO E SEUS AMIGOS PARECEM CAMINHAR COM CERTA DIFICULDADE NA PASSAGEM DA INFÂNCIA PARA A ADOLESCÊNCIA E, DEPOIS, PRINCIPALMENTE CARLO, NA PRÓPRIA ADOLESCÊNCIA. PARA VOCÊ ESSE CAMINHO TAMBÉM FOI DIFÍCIL?

• Sim, foi difícil, principalmente pela minha timidez. É comum que o jovem se sinta assim, eu acho. Eu tinha a impressão de que tudo o que eu fazia seria observado e comentado pelos outros. E as meninas, então? Um problema. Como agir, o que dizer? Tive a oportunidade de colocar neste livro algumas experiências desse tipo, inclusive as primeiras saídas noturnas, quando explodiu a música "discoteque".

A PRIMEIRA EXPERIÊNCIA SEXUAL DE UM JOVEM, ATÉ ALGUNS ANOS ATRÁS, DAVA-SE QUASE SEMPRE COM UMA PROSTITUTA. HOJE ESSA PRÁTICA PARECE ESTAR SUPERADA, POIS A EXPERIÊNCIA OCORRE COM A PRÓPRIA NAMORADA. VOCÊ ACHA QUE OS JOVENS ATUAIS TÊM A GANHAR COM RELAÇÃO A ESSE ASSUNTO?

• Claro! Naquela época, ninguém "ficava", como hoje. As prostitutas eram a primeira referência no assunto, assim como as revistas com mulheres nuas. Hoje todo mundo vai "ficando" e logo está transando. É mais natural. Acho que assim vão aprender mais cedo e se tornar adultos mais bem resolvidos – já que a sexualidade ainda é um bicho de sete cabeças para muita gente. Tomando os devidos cuidados, sexo é dez.

O MITO DE QUE A CRIANÇA É PURA E INOCENTE PARECE SER CONTRARIADO POR CARLO, NAS VÁRIAS TENTATIVAS QUE FAZ PARA ELIMINAR O IRMÃOZINHO PEDRO. VOCÊ CONCORDA QUE A MALDADE É INERENTE À CRIANÇA, AO CONTRÁRIO DA OPINIÃO CORRENTE?

• Eu não esperava que essa passagem gerasse tanta controvérsia. Escrevi aquilo sem pensar muito. Para mim, que já presenciei ciúmes terríveis entre irmãos, era apenas curioso que isso acontecesse. A criança é "pura" na sua espontaneidade, portanto expressa os sentimentos livremente, inclusive o ciúme. Ela pode ser má, às vezes, mas não tem plena consciência dos seus atos. O adulto, ao contrário, pode dissimular sentimentos considerados negativos, e isso acaba sendo bem mais perigoso.

A FUNDAÇÃO DO CLUBE, COM TODO O TRABALHO REALIZADO PELOS GAROTOS PARA QUE O LOCAL SE TORNASSE AGRADÁVEL, FEZ COM QUE, CONFORME DISSE CARLO, SEUS TRASTES ADQUIRISSEM VALOR DE TESOURO. ESSE FATO SUGERE QUE, TENDO QUE SE ESFORÇAR PARA ADQUIRIR AS COISAS, O SER HUMANO AS VALORIZA MAIS. QUAL A SUA OPINIÃO SOBRE ESSA IDEIA E SOBRE A APLICAÇÃO DA MESMA NA EDUCAÇÃO?

• Sim, todo mundo concorda que, quando há obstáculos, o valor da conquista é maior. Então os pais muitas vezes concluem que é melhor não dar "tudo" aos filhos, para que eles tenham garra de lutar pelas coisas. Essa ideia, transposta para a educação, pode gerar uma mudança de atitude. O aluno deixa de ser um receptáculo de conhecimentos, alguém que só "aprende", ele passa a ser alguém que também produz conhecimento. E como se dá isso? Quebrando a estrutura rígida de aulas e provas, deixando que o aluno tome a decisão de como vai aprender e usar aquele conhecimento. Português passa a ser visto como "comunicação", algo essencial, Matemática é associada a finanças e administração. A hora de usar os conhecimentos é agora, e o jovem, hoje, tem todas as condições de ser mais ativo que receptivo, usando inclusive as novas e poderosas tecnologias, como a internet.

Raul demonstra, desde muito jovem, capacidade de argumentar, senso crítico e coragem para enfrentar o poder. Acaba morrendo em consequência de sua participação na luta estudantil contra a ditadura militar. Você seria capaz de, como ele, arriscar a vida por um ideal?

• Um ideal nos traz perseverança, ímpeto, fé. Houve um tempo em que o confronto dos ideais libertários com a dura realidade era uma questão de vida e morte. Mas, hoje, alguém no Brasil morreria por uma causa? Parece que não. O preto e o branco se misturaram, ficou tudo meio cinzento. Então concluímos que não há mais ideais – falso! Os ideais continuam sendo necessários, só que não vamos morrer por eles, e sim viver por eles. O Brasil é um país rico em recursos, mas empobrecido pela corrupção. Vemos todos os dias, nos jornais, políticos que têm fortunas de 10, 20, até 100 milhões de reais – e isso é só a ponta do *iceberg*. O que estamos esperando para fazer alguma coisa? Deveríamos lutar pelo ideal de um país limpo, justo, com riqueza para todos, ou será que isso não vale a pena?

Em que momento de sua vida a vontade de ser escritor se manifestou? Você foi bom aluno em Português?

• Lembro-me até hoje de uma redação (ou melhor, um conto) que fiz no sétimo ano. O fato ficou marcado porque foi a primeira vez em que tomei consciência do poder da linguagem – isto é, descobri que a escolha e a disposição das palavras são capazes de criar surpresa, estranheza, admiração, enfim, de fazer com que o leitor veja as coisas de forma diferente. É a possibilidade da criação de um outro universo. Claro, houve um estímulo da professora para escrevermos de forma menos ingênua, e até hoje sou grato a ela por ter tido essa ideia. Escrever é um prazer, uma porta para novas e imprevisíveis experiências.